沉重的肉身

盛可以 著

图书在版编目(CIP)数据

沉重的肉身/盛可以著.—北京：人民文学出版社，2021
(中国短经典)
ISBN 978-7-02-016587-2

Ⅰ.①沉⋯ Ⅱ.①盛⋯ Ⅲ.①短篇小说-小说集-中国-当代 Ⅳ.①I247.7

中国版本图书馆 CIP 数据核字(2020)第 164432 号

责任编辑　朱卫净　何炜宏
封面设计　钱　珺

出版发行	人民文学出版社
社　　址	北京市朝内大街 166 号
邮　　编	100705
网　　址	www.rw-cn.com
印　　刷	杭州钱江彩色印务有限公司
经　　销	全国新华书店等
开　　本	889 毫米×1194 毫米　1/32
印　　张	7.5
字　　数	140 千字
版　　次	2021 年 4 月北京第 1 版
印　　次	2021 年 4 月第 1 次印刷
书　　号	978-7-02-016587-2
定　　价	55.00 元

如有印装质量问题，请与本社图书销售中心调换。电话：010-65233595

目录

香烛先生	001
喜盈门	019
Turn on	057
弥留之际	079
白草地	099
人面狮身	131
尊严	151
缺乏经验的世界	191
鱼刺	213

香烛先生

"香烛先生"这个雅称，是李九天凭本事挣的。他年纪还小，十三四岁，相貌有点异样，手脚粗实，有股蛮劲。他总是昂着头，张着嘴，像是要接住落下来的雨水，那只斜视的眼睛，看上去充满鄙夷，甚至说得上邪恶。样貌是天生的，他心地却好，肯帮忙，办白喜事的人家，几乎都离不了他。人们预言，他迟早替代真正的香烛先生——村里那个年过花甲、反应迟钝的老鳖，他本人也像蜡烛一样，快燃到头了。谁都看得出来，老鳖对丧葬之事已显厌倦，散漫懈怠，以至于死者脚前的长明灯多次断油熄灭。这是很忌讳的。而九天对死亡和丧事的热情，与日俱增，从四五岁开始，他没有错过任何一场葬礼，甚至提前守在垂死者身边，看死者吐尽最后一口气，在坟地等金刚师填完最后的锹土，才打道回府。

九天的头低不下，嘴合不拢，嘴角挂着哈喇子。小朋友们玩游戏，他走过去，就像猫闯进耗子窝，他们一哄而散。慢慢地，九天也懂了，便那么昂着头，远远地望一眼，仿佛在说，求我呀，求我也不跟你们玩。"除非，如果……你们非要我一起踢球，我可以考虑今天不去，不当香烛先生。"更多时候，九天昂首飘过，绝不给他们表现不欢迎的机会。尤其是高音喇叭里播放丧乐，响铳震得心脏发紧时，九天连看他们一眼都顾不上。

九天喜欢被人吆喝指使，展现他的价值所在。搬东搬西，跑腿报信，翻鞭炮屑子，看道场先生做法事，围观孝子哭丧，嗑瓜子嚼花生，吃大鱼大肉，人生填得满满的。这时候的人们大体友善，帮闲的帮忙的，都主动撩拨九天，摸他脑袋，抓他胯下，放肆大笑。九天这才觉得他有很多好朋友，他喜欢这种亲密，像一家人。有时候也跟着笑，他笑起来很难看，面部扭曲，仿佛正承受某种痛苦，声音沙哑像犯了哮喘。这种愉快的光景，轻松抹去他平时积攒的孤寂，心里干净无碍。

九天就这么过日子，在丧事中忙一阵，回家消化几天，再静静地等着下一个死人。有时很久都没有人死，九天在村里嗅来嗅去，忍不住凑近别人，诚恳发问：

"你什么时候死啊？"

"贼㑆的鬼！"人们这样回答他。

人不都是要死的么？这种不友好的态度，使九天感到委屈与困惑。没有丧乐、铳响、鞭炮、哀哭和宴席的村庄，沉闷无聊，像口棺材一样黑魆魆、阴森森。九天站到村里最高的屋场地基上放眼四望，聆听远方，嗅到远方飘来的香烛气味，便循着气味去了，听到隐约的铳响，也应声而动。渐渐地，他的根据地向外围扩散，甚至十几公里以外的小镇丧事，也有了他的影子。只要搭个信，说谁家死人了，不管多远，九天都去。他忙得不着家了。越来越多的人认识他，人们都说，九天这棵好苗子，将来定是无人匹敌的香烛先生。

九天八岁时，进过学堂，在教室里拉屎撒尿，到处抹哈喇子。看同学们坐得笔直，听老师在讲台上一个人唠叨，他就指手画脚，捶桌子笑。老师没忍住，打了"这个白痴"，揪得他腮帮子青红紫绿。乡下人善于用棍子讲理，"我的儿子，我自己没动过一根指头"，九天爹娘冲到学校，很好地"教育"了一下老师，下手很重，闹得人尽皆知。校方在辞退老师和开除九天之间，选择了后者，并建议送九天去上特殊学校。九天娘一听"特殊"二字，嘴里磨刀霍霍，长臂一扫，校长办公桌上的瓶瓶罐罐全部飞了起来。

九天娘从水汪汪的湖区嫁过来，算得上温顺。自从生下九天，她便有了波光粼粼的嗓门，和排山倒海的汹涌，好像哪吒脚踩风火轮，手持红缨枪，她一直努力使别人相信，九天和别的孩子一样。她经常夸赞九天的聪明，讲述九天的成长惊喜，九天说话漏风，她就充当翻译。人们表面配合，私下讥讽嘲笑。九天娘将九天护在羽翼下，即便是某人言语不善，中伤九天，她也要追去用硬壳尖嘴啄上几口。

九天备受宠溺，吃了七年娘奶，脾气怪诞，什么都不在乎，独怕娘，在娘面前孝顺听话。曾有人劝九天娘趁早再生一个，毕竟九天这孩子……有弟弟妹妹做伴更好。九天娘听不进耳。她是这么想的，如果亲娘都嫌弃自己的孩子，别人就会骑孩子脖子上拉屎。她不打算再生，专心抚养九天，外人不知道她是如何说服丈夫及公婆的。直到四年前的某一天，她的肚子突然鼓起来。对于这个意外，九天娘也花了一段时间才适应过来，慢慢地，她习惯于用手摩挲肚皮自言自语，且沉溺于此。九天注意到，娘此时的脸庞泛着某种梦幻般的光泽，好像冬天里初升的太阳，把村庄映照成一片暖色，草垛子都披着金光。这是九天从没见过的。娘常常迷浸其中，忘了九天的存在。

娘的肚子鼓起来，九天固有的生活秩序被打乱了，他对一切开始变得没有把握，内心有了隐隐的焦虑与担忧。娘的双手不再抚摸他，多半放在她的肚皮上，而且，洗澡、穿衣搭配、剥橘子皮等娘从前包揽的事，娘也不帮他做了。他一整天不回家，娘也不着急，更不会满村寻他。有人对九天说，你娘不要你喽！九天就扔砖头、拆篱笆、撵鸡轰狗。娘晚上不准他再睡在身边，情愿抱着大肚子躺在空空荡荡的床上，自言自语。娘在疏远他，就像别人说的，娘不要他了。

奶奶打小就嫌弃九天，见他脸就垮下来，这会儿更是不加掩饰地喝斥,她踩着小碎步忙碌,伺候娘,杀鸡剖鱼,炖汤煲粥,奶奶做这些时,脸上喜气洋洋。娘虽然护着九天,和爷爷奶奶吵架斗嘴,终究不像从前那样卖力,她已经踹了风火轮,扔了红缨枪,安静地坐在竹椅里织小毛衣,从早织到晚,织了毛衣织帽子,织了帽子织袜子,似乎永远都没有结束的时候。

娘妥协了,她和所有人一起,培育一个共同的秘密。

九天仿佛局外人,内心被孤立的感觉日益加重,他无法表达清楚,只是不停地帮左邻右舍做事:别人刚做成的蜂窝煤,他捣烂了重新用水和;下雨天扯出草垛子里的草晒满地坪;有一回还打扫了养猪专业户的猪圈,敞开猪圈与猪圈之间的小门,看不同猪圈的猪互相咬架斗殴,咬得鲜血淋漓。

没人敢揍他。

香烛燃烧,火苗摇曳生长,气味飘散。只有死人家里才有这种味道,九天想,这就是死亡的气息,他喜欢,闻到它,全身毛孔就舒展开来,他熟悉它,胜过娘的乳汁香气。他将每一根香烛插得稳当笔直,掸去纸钱上的尘土,抚平每一张纸钱的角,小心地给长明灯添油,拨亮灯芯,再磕几个头。

最令九天着迷的是棺材,当死者还没入殓,空棺停在那里,黑面子红里子,黑的发亮,红的夺目,九天爱慕不已,反复抚摸这个神秘的大盒子,敲打边沿,听它发出的声响,俯身嗅它散发的气味,那是新木的味道,就像刚煮熟的米饭,夹杂淡淡的锅巴香，从盖沿边渗溢出来，闻着开胃，于是九天越发能吃。这桌吃到那桌，吃了扣肉吃红烧肉，一直吃到嗓子眼，一弯腰便挤出来，流到地上，狗跑过来舔吃干净，也撑圆了肚。

九天转身又劈柴，挑水，洗碗，找不到活干的时候，摸出扑克牌，一张一张往地上扔，见有图像的，脸色一喜。

"我妈妈。"他说，把红桃 K 伸给别人看。

大家同意，那图像的确像九天娘。

九天喜滋滋地揣好红桃 K，继续扔牌，扔完了再捡起来，所有牌和一起，重新开始。他称这个游戏为"找妈妈"，他发明的。

人们跟他说话：

"九天，夜里头你爹睡你娘身上不？"

九天头也不抬，口齿不清地重复别人的话："你爹睡你娘身上不？"

"九天，喜欢你弟弟不？"

"弟弟……弟弟是什么东西？"

"李丰收呀，李丰收就是你弟弟。"

"不喜欢。"九天想了想，说。

"为什么不喜欢？"

"我只喜欢我娘。"

"你娘不要你了呢。"

九天听了这话，眼圈一红，手里牌往空中一甩，猛地将人扑倒在地，扭打成一团。直到有人喊一声，"九天，你娘来了"，他才迅速爬起，拍掉身上的土，回到一个乖孩子的样子。

九天娘没来，李丰收来了。三岁的李丰收穿得像城里人，他眉清目秀，活泼调皮，嘴里发出嗒嗒嗒嗒机关枪扫射的声音，一路逼杀过来，神情不可一世。人们抛下九天，围着李丰收，这个亲亲，那个抱抱，逗得李丰收咯咯笑。

九天面无表情，看了片刻，仍然弯腰捡地上的扑克牌。薄牌贴着地面，他手指肥粗，每捡一张都要抠好一阵。他很专注，不急不缓，好像会一直这么捡下去。

李丰收跑过来，嘻嘻哈哈，快乐的双脚在扑克牌上踩跺，脚尖似乎要把红桃 K 碾到泥里去。九天推开他，捡起红桃 K，唾上一口痰当清洁剂，用衣袖擦干净，揣进兜里，继续捡。

李丰收玩到兴头上，被九天推倒在地，有点恼火，喊道："傻子，傻子。"

九天瞟一眼李丰收，继续捡牌。

"奶奶说了，你是傻子，不要和你计较，"李丰收爬起来，"昨晚你又尿床了！还不洗澡，臭死人了！"

九天顿了片刻，直起身，扔了手中的牌，大步冲到篱笆边，昂首站着不动，像在喝风。过一会才有人发现，他正对着园里的青菜萝卜流眼泪。他在哭，没有声音，也没有动作，就像一棵丑陋的树，长在不起眼的篱笆边，连风都不来摇它。

"你说,九天心里到底有几分清白?"

"这不明摆着嘛?智商相当于一条狗。"

"有时候觉得他挺正常的,分得清是非好坏。"

"看得出来,有了李丰收,九天没以前快乐了。"

"他会是个出色的香烛先生。"

每次婴儿啼哭,娘就把那小肉团抱在怀里,轻轻摇晃,嘴里发出"哦哦"的声音。或者撩起衣服,让小肉团抱着乳房大口吃奶,哑巴哑巴,边吃边耍。娘伸手摸摸小肉团的脸,揪揪他的耳朵,抓起他的小脚丫放嘴里咬,小肉团咯咯笑。有一回,九天在边上看了很久,娘没注意,娘的目光一直沾在小肉团身上,像大肚子时那样喋喋不休,只是对象有了具体的名字——"丰收"。小肉团嘴里也"哦哦"地回应,手还霸着娘的乳房。

娘看到九天时,冷冷地说了一句,"擦掉你的哈喇子",继续面向小肉团,脸上的笑容迅速浮现,水一样荡漾。

九天不动,嘴角流下的唾液蜘蛛丝一样纤细闪亮。阳光下娘的乳房饱满欲裂,白得耀眼,他有点头晕,眼前只有一片白色,乳香袅袅,如香烛烟火一样上升,飘散,香气袭人。也许是熟悉的气味唤醒了九天在娘怀里的温暖回忆,他呆呆的,仿佛元神出窍——不过说不准,九天总是这副神色。

娘继续和小肉团玩"哦哦"的游戏。九天忽然扑到娘身边，伸嘴就拱娘怀里抢奶。动作鲁莽突兀，小肉团受惊，哇地哭了。娘也吓了一跳，猛地掀开九天，骂道：

"混账鬼！你要把丰收吓出病来！"

娘抱紧小肉团站起身，脸贴脸"哦哦"地，声音里头有对小肉团的歉意、安慰与弥补。小肉团仿佛得理不饶人，一直哭，娘抱着他不松手，嘴里不断发射"哦哦"的信号，他一直哭到夜里头筋疲力尽才算消停。醒来又接着哭，连闹三天，娘请来一个会打卦的老太婆，念念有词，赐了一碗水给丰收喝，算是"收了吓"。

自此娘就提防九天，不许九天靠近丰收，也不再当着九天的面喂奶。

有了丰收，九天显得多余，家里拥挤，九天不得不腾出房间。娘清扫了原先放农具的杂物间，搁下九天的床。九天遵守娘的禁令，独自待在杂物间。对这事九天倒无不快，因为杂物间没有丰收的气味，没有奶香和尿骚味，他更自在。他有自己的柜子，再也不用从一堆小衣服中翻找自己的衣服，他也不想看见那些能发出怪叫声的玩具、拨浪鼓，每次他都想将它们捣个稀巴烂。

欣慰的是，最近总有人死，还有几个卧病在床朝不保夕的，九天每天要去看看他们是否离死更近一步。那些死了的，都是癌症，有的人正当壮年，所以哭的人特别悲伤，葬礼的气氛比较沉重。碰到有钱人家丧事大操大办，三天道场，三天唱戏，场面讲究阔气，桌上也会有难得吃到的螃蟹海虾。

后来，九天听人说水有问题，很多成分超标，他们还认为九天的样子，也跟水有关系。但没人有办法改变这种状况。

对九天来说，不断延续的丧事是人生乐趣，那是他唯一感受到自己价值的时刻，人们需要他。卖棺材的只是希望自己生意好，内心并无恶念，九天盼着下一次丧事，不用等太久。

家门口总是晒一竹篙的东西，丰收的尿片、衣服、袜子，风一刮，满竹篙活蹦乱跳。一只小袜子蹦到地上，像只青蛙趴着。青蛙是水里的，九天捡起来，扔到沟里。有时候落下一件小马甲，乌龟似的趴着。乌龟是水里的，九天捡起来，扔到沟里。九天想将满竹篙的东西都扔到沟里，但怕娘生气不理人，只在脑海里做了一遍，并且用竹篙将一件件戳进淤泥深处。

九天不知道丰收用什么办法笼络了所有的人。他很快学会走路和说话，见人就笑，喊这个喊那个，奶声奶气，被喊的人心里软酥酥的，总有人给丰收礼物，汽车，飞机，大公仔，屋里满地都是。丰收每天开汽车开飞机，嘴里发出嘟嘟嘟哒哒哒的声音。但他最喜欢的还是捉迷藏。这是娘教的。刚会走路那阵，娘总在附近的风车或门背什么的地方躲起来喊："丰收，丰收，来，找找妈妈在哪里。"

丰收在这种游戏里长大。他躲猫猫很有一套，有时在碗柜子底下，有时在米桶里，有时在灌木丛中，有时藏在折叠的被窝底。娘找不到他，才会让九天参与。九天熟悉家里的每一个角落，总是不费吹灰之力，就揪出丰收。偶尔也假装找不到，比如明知丰收躲在结满蜘蛛网的猪圈，里面气味刺鼻，蚊虫叮咬，九天就让他在里面待着，直到他一身蛛丝，抠着发痒的皮肤自己走出来。

喜讯不期而至。百岁老人李佬倌要死了，九天寸步不离，等他落气。人们谈笑风生，愉快地等待一桩美好事情的发生——李佬倌瘫了两年，身上都烂了，他的死，将是巨大的解脱。

屋角堆着香蜡纸钱，九天想点燃它们，当香蜡全部亮起来，整个村庄就会变得暖洋洋的。

李佬倌儿女一个没剩，靠外甥女接济。棺材是她买的。那是九天见过的最结实厚重的千年屋，外形特别，棺盖两端微翘，木块与木块间严丝合缝，合上棺盖，也看不出一丝缝隙，整个儿密不透风。那股浓郁的木香，也是九天从没闻过的。

品鉴千年屋的乡亲说，这是一副上好的棺材，李佬倌躺进去，肯定比床上舒服；李佬倌去那边，肯定比人间舒服。

李佬倌那口气拖了三天。上午十点钟，报丧炮打响，殡仪师最先来到，抹尸，换寿衣寿鞋，身盖黄缎，脸蒙绸布，李佬倌焕然一新。用不着殡仪师喊"香烛先生在哪里"，九天已经准备就绪，很快点燃香烛和长明灯，迅速在门口架好瓦盆，搬出串钱，给死者烧纸。

他相当熟练，并且懂得其间各种忌讳。

人渐渐多了，到处是闲谈和笑声。老男人和妇女说不正经的话，妇女们花枝乱颤。也有聊李佬倌一生的，情绪平淡，要么是李佬倌活着和死了没什么两样，要么是人们对死亡没感觉，总之，这是以死者的名义换来的欢乐聚会。其实，人人都像九天一样，渴望有事发生，只要这事不发生在自己身上，只不过不像九天那样直接问人："你什么时候死啊？"

没有唱孝歌子的，没有做道场的，没有哭丧的，只有李佬倌直挺挺地躺着，没什么意思。人们很快散了，留下几个确实走不开的，默默地干活。

下午相当无聊。这是九天见过的最简单的丧事，华丽的棺材与冷清的气氛很不谐调，仿佛一个落寞的美人，孤独静卧，山水寂寥。

李佬倌草草入殓，等着明早下葬。

空中几枝枯丫晃动。没有鸟。

九天给长明灯又添了一次油，续了香烛，望着跳跃的火苗，看淡烟袅袅攀升，烟灰跌落。不久也生厌倦，便坐在塑料凳上，从口袋里摸出牌来"找妈妈"，一张一张往地上扔，遇到有图像的，脸色一喜，揣进口袋。

这时，九天听到嗒嗒嗒嗒的声音，是李丰收，他们在打仗，你死我活，开枪、奔跑、追杀，情形十分激烈，最终在离九天几米远的地方，短兵相接。

九天张嘴昂首，饶有兴致地看着这场战争，哈喇子迅速悬成一线。

"缴枪不杀!"李丰收的敌人喊道。

"不，我和你们拼了!"李丰收喊道。

"投降吧，你已经没有子弹了!"李丰收的敌人喊道。

"我要和你们同归于尽!"李丰收向敌人扑过去。

敌人伸出拇指和食指做的驳克枪，对准李丰收，"哔噢!"

"啊，我死了!"李丰收应声倒地。

九天猛然从凳子上站起，余牌哗哗落地。

"不玩了，我已经死了八次了，"李丰收一骨碌爬起来，"我们捉迷藏吧。"

大家响应。那几个敌人背转身去，等李丰收找地方藏，不时喊一声：

"藏好了没有?"

"没有!"李丰收一连找了几个地方都不满意。

"藏好了没有?"

"没有!"

李丰收神色紧张，急得团团转。九天扯住他，粗黑的手指指向棺材，棺盖与棺身错开的缝隙，正好可以藏进去。

李丰收输了仗，一心要赢回面子，立刻点头。

九天抱起李丰收，协助他。李丰收双脚刚刚落进棺材，九天的手感觉他改变主意，要往外撤，便使了点力往下压，最后用手抵住李丰收脑袋，往深处推了一把。他闻到棺材里已经没有新木的气味。走到棺材另一头时，九天仿佛听到李丰收在哭，从前他拱抢娘奶时，李丰收也是这样的哭声，只不过那时声音里没有恐惧，只有霸道。九天记得娘推开他时，娘脸上的陌生，是他没见过的。

九天推动棺盖，瞬间严丝合缝，正如品鉴者所言，这是一副上等的棺材，上好的千年屋。

"藏好了没有？"李丰收的敌人喊。

连喊两遍，没有人回答，意味着游戏可以开始。他们转身寻人，尖叫嬉笑，弄出各种声响。

十分钟后，遍寻不着，李丰收的敌人失去兴趣，各自回家去了。

九天又添了一次油，续了香烛，围着棺材转了一圈，抹了一下棺材顶部的红色"福"字，看看手指有没有染色。这时候他听到娘扯着嗓门喊丰收吃饭，一路喊过来，问：

"九天，看见丰收了吗？"

九天两眼盯着棺材，摇头。

娘自言自语："这个小婊子崽，死到哪里去了？"

娘这不是骂人，像所有村妇一样，她也以这种方式表达心里的爱，只有那些粗鄙的词语才有力量证明，她们爱孩子胜过自己的命。九天记得，娘从没叫过他"小婊子崽"。

娘叫喊着去了别的地方。

天黑不久，找李丰收的人多了起来。捉迷藏的游戏规模忽然如此壮大，九天很吃惊。有一阵他觉得自己发抖，夜里越来越凉。不过最终他是得意的，因为他的主意，李丰收才藏得这么隐秘，所有人都找不到他。

九天在灵堂守了一夜。早晨被铳声惊醒，地坪上到处是人。

殡仪师手里拿着铁锤长钉，喊了一声："要会亲不？不会亲就封棺了！"

没人吭声。李佬倌唯一的亲人送了棺材之后就消失了，仿佛仁至义尽。

"赶紧搞喽，埋完人我还要去工地干活哩。"泥工师傅嚷起来。

殡仪师扫一眼全场，弯腰，将长钉敲进这副上等的棺材。

九天目光紧随钉锤，看每一颗钉子融进木里。

不多时，一声"哦嗨"，十几个金刚师同时起肩，抬起棺材，穿过鞭炮硝烟，仿佛一条百足虫，走向田野早已挖好的坑，像埋条狗那样迅速完工。

坟山冒尖，毛毛雨落下来，所有人撤了，只有九天还围着坟山转圈，捡没有炸响的鞭炮。

九天揣着满兜乱七八糟的东西回家，在门口听见娘的号哭声：

"丰收啊，我的……崽啊，……你在哪里啊……"

她似乎已经哭了不少时辰，嗓子嘶哑，断断续续。乡亲们走来走去，满面疑云，唉声叹气。

九天走过去，跪伏在娘的膝头。他困极了。蒙眬中感觉娘的双手轻轻落在他的头上，冰凉的。

2014 年 5 月

喜盈门

姥几①要死了。他的泥屋里头一回充满了欢笑。附近的乡亲，一拨接一拨踏进门槛。爷爷在地上烧了一堆旺火，火光造出很多影子，好像屋里的人翻了倍。人们围着火堆，额头慢慢渗出汗来。火舌缓慢、耐心地舔着秋天便已锯好的枣树杆，偶尔咂出声来，迸溅几点火星，灰烬像蚊子在空中飞着，落在谁的头发或肩膀。

姥几躺在床上，再过十天是他百岁生日，这生日仿佛床头柜上的茶杯，伸手就拿得到，可他够不着了。熏得发黑的蚊帐已经取走，剩下几根竹棍，搭瓜棚似的架着。姥几身上铺着脏污的棉被，衣袖上结了一层厚厚的油腻，火光在他焦干的脸上闪烁，突起的颧骨使他看起来傲慢冷漠，塌陷的腮窝放得进一只鸡蛋。他努力睁开被眼屎糊住的眼睛（虽然他已经看不清东

---

① 方言：曾祖父。

西），双手在空中抓来抓去，影子映在胡乱钉着纸壳子、蒙着纤维袋子的墙上，像演皮影戏。

姥几连续几天不进食，呼吸上气不接下气时，爷爷赶紧打了一通电话，我那些一年到头碰不着面的亲戚，从各自工作的地方回来给姥几送终，姥几却吃了一碗速冻饺子，自己走到地坪里晒起太阳来。我那些亲戚，主要是我大伯、二伯、大姑、小姑，以及我的堂表亲，宰鸡剖鱼饱吃一顿，欢乐地搓了半宿麻将，第二天一早就回城了。到夜里姥几又坏了，嘴里胡言乱语，大便拉在裤裆里。爸爸像擦洗一件农具，闷声不吭将姥几清理干净，给他涂了润肤霜，穿上烤得热乎乎的裤子，像伺候一个婴儿，连眉头也没有皱一下。

爸爸干农活也是一把好手。妈妈在城里做零工，当她叫爸爸离开这个"穷坑"，进城"随便干点什么"时，爸爸不愿意，怕别人侵占宅基地，怕老鼠睡了他的窝，怕野草长到门槛边。妈妈像赌气似的，很快跟了别人，很快生了儿子。我那时还小，只有四岁，现在我九岁了。爸爸本来话不多，从此更像个哑巴。那些在外面做事的人都愿意把田地甩给他。当他开着插秧机驶过辽阔无人的田野，那片白水眨眼变绿；稻谷成熟时，他驾驶的收割机在金色的海洋里乘风破浪。我觉得爸爸挺威风的。但爷爷不这么看。大伯二伯在城里头搞得家大业大，连自己的店铺门面都有了，忙得奶奶的生日都没时间回，那才叫出息呐。

姥儿那间泥屋，像只老鼠洞巴在楼房边。唯一的窗子用塑料布蒙住了，矮门边贴着春节的新联，姥儿自己写的。我从没见过爷爷和姥儿说话。这时候他更关心屋里的火，不时用火钳拨弄一下，架根新的干柴，紧紧地盯着火光，脸上毫无表情。他在给姥儿选坟址，看风水师转动手中的罗盘，有人说起姥儿过去的趣闻，爷爷也没有笑一下。他就是一个没有笑容的人。

姥儿隔一阵就喊"呷儿"①，声音忽强忽弱。有经验的人说，临死的人口干，他顶多再熬一夜，赶紧通知其他人回来吧。爷爷打了一圈电话。亲戚们很快又挤满了泥屋。我嘴里嚼着大姑给的巧克力，夹在亲戚们中间，我感觉他们和我一样兴奋。

姥儿的手在空中乱薅，"我要妈妈"，声音像一只小鸟。亲戚们笑了起来，好像在动物园看动物表演。

姥儿又喊"呷儿"。大姑端着空杯子去找水。二伯表情很知识分子："看样子至少还要两三天，再喝水，这口气不知道要吊多久。"二伯母附和她的老公："我翁妈②死之前，也是只喝水，拖了半个月才断气。"二伯是家里唯一上过大学的，毕业后分到国营酒厂，酒厂倒闭下岗后，就跟没上过大学的一样了，甚至更差，那份大学生的骄傲妨碍了他吃苦耐劳，反而没有大伯的一步一个脚印。只有爷爷还认这个，爷爷怕有知识的，他看重二伯的想法；二伯母又是天生的城里人，爷爷对她

---

① 方言：喝茶。
② 方言：奶奶。

也另眼相看。

二伯母妖里妖气，眼圈涂得像熊猫，尤其爱穿动物皮草，一身羽毛，虎斑、豹纹、蟒蛇皮……据说有一次，她穿着貂皮大衣，被动物保护主义者揍了一顿，揍完发现她穿的假貂皮，又赶揍了她一顿。从此二伯母的梦想就是买一件真貂皮，这个梦想压得二伯直不起腰。据说二伯母趁二伯弯腰之际，和一个小厂老板去北方旅行了一趟，在那小厂里当过一阵秘书，那时候奶奶一边给我喂饭，一边跟爷爷聊二伯要离婚的事，眼泪直往下掉。奶奶天生不喜欢破碎的东西，可是，妈妈和爸爸离婚的时候，奶奶自己的心破碎了——幸好二伯和二伯母很快又甜蜜了。二伯母至今没穿上貂皮，她已经过了四十，她的儿子——我最小的堂哥，没考上大学，她现在操心的是，怎么攒钱给儿子买房子娶老婆。二伯的腰还没伸直，买房子这块大石头就压了上来，但这巨石是蜜糖做的，二伯有时还会伸出舌头舔一舔。

邻居们填补了最后的空当，屋里转不开身。姥爪又喊"呷児"。大姑挤不进来，茶杯转了几手，经过我的头顶，到大伯手里，大伯又递给爸爸。大伯和爸爸长得最像，瘦脸尖鼻子，遇到问题时眼睛眨得飞快，像在迅速翻书找答案。爸爸把水杯递给爷爷，姥爪"跟死人一样重"，他一只手扶不动他。姥爪的脑袋缩在油腻发亮的衣领中，水倒进他的嘴里，从嘴角溢出来——他咽得太慢了，也许是没力气。爸爸把姥爪放平，他无牙的嘴张开，黑洞洞的，像一个壶口，爸爸知道怎么将水灌进壶里。

姥几死死地躺着，右手紧攥着一沓钞票——他全部的财产，那只手一直没有松开过。

"李嗲赌一世的博，有一分输一分，这几张票子冇丢到牌桌上，那要搭帮他动不得了。"

"早几十年打牌，别个都在桌子底下搞鬼；这十几年，别个在桌面上换牌，他也不晓得。"

"过年挨家挨户送春联，他还是想搞点子弹，准备正月间在牌桌上战斗。"

"那些跟他玩牌的也不是东西，这不是从老人家口袋里掏钱吗？"

"过去的年轻人还只是偷鸡摸狗，现在是吸毒、抢劫、偷盗，为了钱，他们什么都干得出来。"

"这回啊，你们得给他多准备几副牌带走，等他到那边继续打。"

几张嘴巴在我头顶上喷着烟雾，发出烟熏过的沙哑笑声。

姥几安静地躺着，脸和死人一样，一条腿的膝盖却弯起来，将被子顶成一座山，看上去很悠闲。

到了睡觉的时间，我也不想上床，挤在火堆边，听亲戚们聊天，说的都和姥几有关。他们说一阵，笑几声。有时也沉默。最后大家打着呵欠陆续散了,临走前看姥儿一眼,手指探到他鼻下,确定他是否断气。爷爷想留下来守着这堆火,二伯说:"你也七十多岁了,守一夜,哪里锵①得住?我们弟兄几个轮班。"他们很快排好了值班表,没有我。我倒是喜欢烧火,爱闻烧橘树杆时散发的橘子味道,看潮湿的木柴两端冒着水汽,发出嗞嗞的响声,有时候还可以煨一个红薯,烤一块糍粑。姥儿经常这么做。并且将烤熟的东西掰一半给我。

姥儿的脸在火光中像一截很好烧的木头。他一动不动。

我醒来时,地铺上的亲戚们正穿衣起床,他们说我胆子大,晚上在一个就要变成鬼的人的脚头睡着了。

吃早饭时,爸爸趿双拖鞋,踮着脚尖,脚上缠了纱布。原来在下半夜,姥儿发了一阵狂,他掀了被子,在床上发疯,力气很大。他认出了爸爸,说他这两天死不了,死了不要花钱,不要买棺材,用席子卷了埋掉。过一会又对着爸爸喊爷爷的名字,说"做鬼都不放过你",然后拉了一裤裆褐色的糨糊。爸爸给他换洗完,拎了脏衣服出去扔掉,回来看见姥儿倒在火堆边,裤子都烧着了。爸爸救姥儿时踩到火,受了伤。每次给姥儿屁股上那片没有皮肤的红肉涂药膏时,爸爸的眼睛就眨个不停。

二伯母舍不得店铺连续关门,"等他真正落气了再回来,嘻嘻"。二伯母的尖笑声很哆,像她的超短裙那样努力天真。

---

① 方言:承受。

我的那些堂表亲吃了午饭也离开了——姥几不死，他们留下来也没有意义。大伯跑外面，订千年屋，买香蜡纸钱，寿衣寿鞋，烟花鞭炮；大伯母不是在菜园里，就是在厨房；小姑总在打电话，或者盯着电脑敲敲打打，"公司一摊子事"。爷爷屋前屋后瞎转，好像在寻找什么东西。灰狗巴顿不停地吠。

"李哆还不落气，莫不是心里有什么事没安排好吧？"

"拖十天半个月那是正常的，我翁妈那次也拖了好久，最后没办法，给她吃了几片安眠药。"

"也是的，拖来拖去，都受罪。"

乡亲们在我家屋门口聊天。

后菜园里摘菜的邻居扯着大嗓门和奶奶聊天："还有几天狠的搞啵？"

"哦呀，这几天还不得落气，茶端慢了还骂人呢。"奶奶回应。"主要是他们都要上班，耽误他们的工夫。"

姥几拖着不死，这件事就过了新鲜劲，泥屋里不再挤得满满当当的，村里人只等着喊吃丧饭了。

大姑自觉地承担着某种责任，隔一阵就进来，拿起姥几的手看来看去，好像鉴宝一样——她相信人是从手指尖开始死的。大姑读书少，但在这方面见多识广，她婆家那边不少老人去世，她都送了终。不过，她也承认有的人从额头开始死的。所以大姑还会不时检查姥几的额头。但她始终没有得出确切的结论——姥几的表现太反常了。大姑没有泄气，相反兴趣更大，她专门打了一盆热水，给姥几洗了几十遍脸，双手也是擦了又擦，那盆水都洗黑了。我没见过大姑父，我出生之前，大姑就离婚了。据说他们一起生活的时候，天花板上总有拖鞋印，他们经常打架，武器乱飞。每隔段时间就要刷一遍墙。屋里到处都是修补的痕迹，纱窗打着补丁，遥控器用透明胶粘合，茶几缺了一只角，冰箱凹进去一块，连大姑的额角都留着疤印。

二伯不靠近姥几，好像嫌恶。二伯值班。爸爸临睡前，给姥几洗了伤口抹了药。二伯先用绳子稳住姥几，将他的两只脚和竹柱子系在一起。姥几喊"呷旯"，二伯就像没听见，只是用火钳戳着柴火上烧黑的部分，火星迸溅，火苗蹿起来，带起尘烟。

"你喜不喜欢姥几？"二伯问我。

这个问题很新鲜，没有现成的答案。我想起姥几拄着拐杖站在苦枣树下，挥动他从镇里买回的红色玩具汽车向我招手——姥几从来不踏进我们家半步。

"他对儿子、孙子都没有感情，更何况你们这些曾孙子。"二伯对着火说。

我不知道"感情"是什么意思，二伯也没有进一步解释，我只好默默的看着火舌舔来舔去。

姥几哼了几声。屋子里有股药味和脓臭味。

过了两天，阳光明媚，泥屋里只剩姥几和那堆灰烬，大家都在外面晒太阳。棺材架在凳子上，爸爸和大伯已经给它刷完漆，崭新的，在太阳底下闪闪发亮。这个里红外黑的木盒子，比起姥几的泥屋漂亮多了，尤其是后来铺上金黄绸缎的时候，我都想躺进去舒服一会儿。二伯也不那么急躁了，他是有学问的人，知道姥几不吃不喝成不了仙，终究要死。他甚至动员大家干点体力活打发时间，把围住地坪的那道矮墙拆了，免得人来人往不方便。于是我们一家人撬啊，锤啊，敲啊，铲啊，叮叮当当地忙起来，场面十分欢乐。

我第一个发现姥几站在泥屋门口。他摇摇晃晃地走了两步，爸爸赶紧跑过去扶住他。大家都停下来，吃惊地看姥几坐在椅子上"晒太阳"。

椅子上根本不是一个人，是件肮脏连帽的破风衣歪搭在那儿，脑袋支不起，垂在胸口。姥几这副滑稽的样子让大家笑起来。他们说他回光返照，耗掉最后的精力，明天肯定要放铳报丧了。我想起姥几平时坐在这张椅子里读书，看到我，他会放下书，盯着我，好像要跟我说话。我有时凑过去，蹭饼干糖粒子吃，姥几趁机跟我讲会书里那些会武功的人，他们打架很有意思。

我没有笑。姥几那两只拿书的手，像蜘蛛脚一样僵硬，指甲里有黑垢，掌纹全是细细的黑线，手背像一块皱抹布。两只肿脚鼓圆了袜子，像两截出了土的树苑子，脚指头像根须戳破袜子，脚指甲一百年没剪过，长成了弯弓，和灰狗巴顿的脚指甲一样。

姥几堆在椅子里，对外界毫无反应。爸爸和大伯把他架回床上。我们又叮叮当当地干起活来。

天黑前围墙全部拆除，周围也打扫得干干净净。夜里气温低，泥屋里重新烧了一堆旺火。姥几回光返照之后，就闭着眼，嘴巴半张，再也不喊"呷儿"了。

大家兴致勃勃地守着那堆柴火，商量怎么办丧事。大伯二伯和爸爸都同意按照经济实力来办，不跟别人攀比豪华，也绝不让别人说风凉话，就是比上不足、比下有余的意思。爷爷说不行，姥几的丧事要办得比谁家都好。

"你打算花多少钱？"二伯问爷爷，"自己有多少存款？"

爷爷不吭声。

"要是打肿脸充胖子，还不是我们这些做儿女的受罪？"二伯又说。

"我们省吃俭用，存了一万五千元，就是给你爷爷办丧事用的。"奶奶替爷爷回答。

"去年村里办得最气派的那桩，花了十五万，"爸爸说，"三天三夜的道场、六天大戏，海鲜席，五粮液，蓝蒂巴的芙蓉王……"

"确实没有必要，现在挣点钱不容易。"大姑穷，说话像个外人一样客气。

"莫说没那个经济实力，就算有那些钱，我也不赞成大操大办，"小姑笑着说，"如果生前亏欠了他，给他烧一百栋别墅，送一百亿冥币也没用。"

爷爷的脸色顿时比姥爷的还难看。

大姑揪了一下小姑的耳朵。

二伯有文化，小姑有钱，爷爷从不对他们发火。

大家沉默下来，仿佛都在体会小泥屋里的那股压抑。二伯率先走出去，他打开门，冷风扑进来，烟在屋里乱窜。大伯也起身去搬柴火。爸爸飞快地眨巴眼睛，清了清嗓子，什么也没说。

"要说舒服，村里哪个老头子有他舒服呀？我可是一日三餐送到他手上，"奶奶说道，"他要是在外面打牌，饭就给他热着，等他回来再端给他吃。"

爷爷挺起腰杆来，接着奶奶的话："整整给他端了二十年饭……他呢，他为下面的人做了什么？我六岁就没了娘，在外面放牛打工，冬天连棉裤都没有……"

爷爷把自己说哭了。女人们跟着抹眼泪，除了小姑。

"爸，那些旧社会的事情就算了。爷爷就要走了，不应该让他也带着怨气走。他是你的父亲，我建议你跟他认个错。他听得见的。"小姑说。

没干透的木柴嗞嗞地冒着白汽。火和烟各玩各的。偶尔一声炸裂，像是谁在咳嗽，溅出一群唾沫星。

爸爸使劲眨巴眼睛。

一忽儿人都走了，只剩爷爷一个人坐在火堆边思考。

烤地瓜已经散发香味，我用火钳将它拨到一边，等地瓜皮烤得焦黄再吃。

这时候，爷爷站起来，走到床边，抓着姥几的手，又摸了摸姥几的脸，像个瞎子似的。然后弯下腰，凑到姥几耳边喊道："爹啊，你听得见不？我是你儿子呢！"

老子老得起不了床，儿子老得直不起腰。

"我对不住你，我错了，你莫怪我了啊爹。"

"爹啊，你要呷冇不？肚子饿不呐？想呷点么子东西？"爷爷有点糊涂了，手也没地方放，像一个忘了台词的演员。他想了想，接着说道："爹啊，你要保佑子孙平安啊！莫牵挂了，只管放心去吧。"

姥几嗓子里发出下水道的声音。

又过了一天，姥几没有好起来，也没有坏下去。一条腿弯着，仍然拱起一个"土地庙"，不时还挪一挪屁股。有人进门，他甚至还会抬起脑袋，看一看是谁。奶奶说姥几筋骨生得硬，一世人没生过病，没吃过药，肯定比一般人熬得久。我的亲戚们就像卡在半山腰，进退两难，只好不断抱怨鬼天气，都快三月了，还这么冷，这么冷还盖不住水沟里的猪屎臭。啊，乡下的时光真无聊啊，好像他们不是乡里长大的。大姑和小姑翻出羽毛球拍，没打两下，球就落到姥几的屋顶上去了。二伯摸着胸口踱来踱去，带灰狗巴顿到菜园里转了转，最后跑到代销店娱乐室和别人斗了半天地主，赢了五百多块钱，顺手买了些鱼肉丰富晚餐。奶奶打算给姥几装点饭菜，拿起碗又放下，笑话自己二十年的习惯，一时改不过来。我的亲戚们说，这回子姥几一死，奶奶就解放了，进个城也不用急着赶回来怕姥几饿肚子，至于姥几那间小屋嘛，可以用来放农具，或者做成娱乐室。筷子碗欢快地碰撞。我的亲戚们一边描述爷爷奶奶的新生活，一边吃光了所有的菜。

小姑唉声叹气，回来之后，公司那边很多事堆在一起，都是火烧眉毛的事情。小姑住得最远，路上又是汽车，又是飞机，要花费整整一天。二伯店铺虽有二伯母看着，但他不在，每天损失也不小呢。大伯一家也是干一天，得一天钱，大伯和大伯母虽没怨言，但谁都看得出他们心里着急。只有爸爸没事，反正是农闲时节，反正他天天在家里。

爷爷好像为姥几拖着不死感到抱歉。他已经给姥几道过歉了，姥几并没有安心死掉，证明他不肯落气并不是因为这个。那他为什么不落气呢？我的亲戚们拧紧眉毛，压抑的情绪像夜色一样围拢过来。

晚上照例在姥几屋里烤火，等姥几死。大家烤得一身落满灰，脸皮干燥，但也没别的地方去。等烤到昏昏欲睡时，就陆续钻被窝里去了。今晚轮到爸爸值班。我很高兴爸爸允许我留下来睡在火堆边，因为楼上阴冷，大伯老打呼噜。爸爸给我弄了两张椅子，我就半躺着，被子垫一边，盖一边。爸爸往火堆上架了两截巨大的木头，我看着它们变黑，出烟，燃了一小片，就暖暖和和地睡着了。

我是热醒的。我掀开了被角。迷迷糊糊中，只见姥几双手在空乱蓐，嘴里不停说话：

"我的崽那天打我呢……推得我绊了一跤，屁股现在都疼。"

"王老倌欠我八百块钱，没还……帮我找他要回来。"

姥几咳了几声。"我要呷旮。"

爸爸从抽屉里拿出姥几的洋铁皮罐子，犹豫片刻，慢慢伸手进去，捏了几粒白东西放进茶杯里，用调羹慢慢搅，眼睛拼命眨，手搅得越慢，眼眨得越快，最后手好像停了下来，眼睛眨得像没睁开。

前几天姥几喊嘴里没味，大姑给他含姜片，现在爸爸给他加糖呢，姥几爱吃甜食。

爸爸扶起姥几，拿调羹一勺一勺地喂。我听到瓷勺几①舀到杯底的声音。

"洗砚之时曾染指……种花以外不低头……虎虎啊……我活不得蛮久了，我没办法教你写诗了呢……"姥几长叹一声，好像很舒服。

姥几终于睡着了。火光一摇一晃。屋里暖融融的。

"哆哆……对不起，莫怪我啊。"爸爸低声念了一句，双手将自己的脸揉成一团。

---

① 方言：勺子。

早上醒来，我睡在床上，肯定是后来爸爸抱我上来的。我睁眼就想到昨晚烤的地瓜还在火盆里，不知道是不是烧成了灰。周围静悄悄的。我下了楼。姥几的屋子里也静悄悄的。所有人都在。姥几两条腿伸得笔直，手放在胸口，下巴抵着的纸筒使他闭紧了嘴巴。他眼睛微阖，好像在看我。

"已经走了。"大伯探了姥几的鼻息，把了脉。

爸爸的眼睛飞快地眨巴。

屋子里的茶杯，桌具，以及塞在窗缝里的瓶瓶罐罐全都目瞪口呆，它们瞬间变成遗物。它们也没有哭哭啼啼，就像我的家人们一样，平静地立在原地，落着灰尘或者污渍。

所有人同时松了一口气，产生出很响的呼吸流，声音很大。爸爸打开门。专办丧事的薛老爷随着冷空气涌了进来，他的脸墨黑的，似乎只有黑成那样才适合和死人打交道。

薛老爷二话不说，挽起袖子，很权威地吩咐我那些六神无主的亲戚。

"快，打盆热水，还有毛巾，肥皂。"

"寿衣拿来。一会儿手脚硬了，就不好穿了。"

"准备香烛、纸钱、长明灯。"

我的亲戚们应声散开，各自忙活。

外面，薛老爷的儿子开着手扶拖拉机停在路边，车厢里装得满满的，一架绿色的电铳炮，炮口对着天空。

薛老爷的三个儿子跳下车，手脚麻利地卸货。搬出大喇叭，这个即将在夜里通宵鬼嚎吵得我睡不着觉的东西；抬出冰棺，一会儿他们会把姥几放进去。我们小孩子围着东看西看，都很兴奋，还为了争地方打了起来。我长到九岁，家里从没有办过什么大喜事，没人出嫁，没人结婚，也没有人死。我很骄傲这一切发生在我家里。

"放铳喽！"薛老爷在门口朝他儿子挥手喊了一声。

铳炮"砰"地响了。没有火药味。我们赶紧跑开。身后一连响了六发。

姥几的泥屋里金黄明亮，散发出一股奇怪的味道，别人家办丧事时我闻到过。我站门口朝里看，里面一个人也没有。姥几躺得比床还直，埋在鲜艳华丽的红绸缎底下，脸上盖着那本他经常翻看的武侠书《碧血剑》，脚底那双崭新的鞋底在蜡烛和长明灯的照耀下比雪还白。我想象干净富贵的姥几站起来在屋里走动，他一定会高兴得合不拢嘴——以前他穿得太脏污，太破旧了。

我盯着红绸缎，姥几薄薄的身体动了一下，似乎还喊了声"呷晃"。烛火跳了两下。不知为什么，我哭了起来。

接下来我们家就成了战场，乱七八糟的。铳炮声持续不断。大喇叭里的音乐听起来很喜庆。各路人马在我家进进出出，男男女女嘻嘻哈哈，搭灵堂，摆桌椅，运来锅碗瓢盆。从姥几落气的当天中午开始直到下葬，每逢吃饭时间，就会有很多人围在那几十张桌子前吃得嘴皮油亮，满脸通红。

丧事总指挥斜挎着黑皮包，里面装着丧事的总开支，他严格按我家的预算来花销。首先成立治丧委员会，下面分工负责，做酒席的后勤，抬棺材的金刚师，以及道场、戏班子联络。东家什么也不用管，只负责出钱，以及腾出闲情来悲伤。爷爷总担心别人吃得不愉快，不和伯伯们商量，告诉总指挥，白沙烟上升到金芙蓉，每桌酒席添加一只脚鱼，一盆螃蟹，酒也由金枝换成泸州老窖。这就大大超出了原定的五万元的预算。我的亲戚们心里不舒服，但一想到整个丧事办得喜庆圆满，在折腾了一天一夜之后，姥几被顺利放进那个一米多深的坑，也没有多说什么。据说这是我们整个家族迄今为止发生的最为光彩的事件。人们后来评价，说我们家的丧事办得最大方，酒席是全村最好的，味道好，分量足，有几桌原封未动的菜送给了左邻右舍，更是博得了村人的称赞。爷爷很长一段时间都沉浸在这种骄傲当中，把这场丧事当作此生打的最后一场漂亮仗，他昂起头，好像胸前佩着勋章。

躲过了年三十的那口肥猪，这会儿被几个壮汉控制在案板上，叫得额外不甘心。屠夫那把一尺多长的刀子捅进猪颈窝，一股冒着热气的血喷泉准确地落进脚盆里。

我们就是在肥猪的阵阵嗷叫声中，换上了白大褂，个个像医生，头上裹块白布，白布垂下来飘在背后，又像唱戏的。事实上也是，接下来的时间，我们在薛老爷的指挥下不断表演，磕头，下跪，烧纸，念经。由于没有经验，我们弄了很久，才将那块白布稳在头上。二伯母笑嘻嘻的，对着镜子照半天，从白布中拨弄出一绺刘海，顺了顺鬓角，使自己显得更美。小姑的白布整了几个角，像护士帽子。奶奶裹得像个修女。大伯母脑袋小头发少，白布总往下滑，大姑用发卡帮她固定了。我们男的简单，扯住白布角在后脑勺打个死结。这块白布使我们一下子与普通人区别开来。有时候，我觉得我们就像一群劫富济贫的白衣教徒，骑着快马，手挥长刀，就要嘶喊着冲下山去，身后的白布飘起来。这块白布后来的作用很多，比如擦一擦冷风催下的清鼻涕，下葬时接风水师撒发的发财米，尤其是还有保暖效果，让我总觉得热。

午饭后，戏班子来了。敲锣鼓，吹唢呐，嘎胡琴①，很快吵成一锅粥。

"要唱孝歌子喽，来来来，孝子孝孙们，都过来跪下。"薛老爷安排我和我的亲戚们按老少次序围着姥儿的冰棺跪下，嗑瓜子、嚼槟榔的观众立刻将我们围得水泄不通——据说这是丧事过程中最有趣的环节——看人悲伤，陪人哭。化好了妆的女人穿着戏服，手里拿着麦克风和我们这些白衣教徒的名单，笑哈哈和围观的人说话，大嘴巴像吸血鬼。

---

① 方言：拉二胡。

爷爷奶奶跪在姥几脚前。"啊——呀！"戏子一声哭叹，张开血盆大口唱起来：

"爹啊，我的爹啊，你为什么就这样走了，从此以后……我再也冇得最亲最爱的爹了啊……"

戏子哭得要断气似的，声音通过麦克风，从那个大喇叭扩散到阴暗的天空，有种天崩地裂的感觉，连她嗓子里那丝细小的抽泣声被大喇叭扩大之后，也变得像刀片那样锋利。我感到我的心被割疼了。

戏子的眼泪顺着粉妆流下，就像小溪淌过雪地。

爷爷奶奶垂着头，各自从口袋里掏出十块钱，放进戏子脚边的草帽里。

戏子擤了一把鼻涕。"爹啊，爹啊，我苦命的爹啊……"

"行了，他们一把年纪了，跪不得太久，你差不多就行了。"薛老爷对戏子说。

爷爷奶奶给姥几敬酒，磕头，又从口袋里掏出十块钱放进草帽里，起身腾出地方。

轮到大伯和大伯母了。大伯一跪下去就掏口袋，围观的笑了起来。

"哆哆①啊，我的哆哆啊，孙子不孝啊，一年四季在外面，对你老人家照顾得少啊……"戏子换了台词，看样子很了解我的亲戚们。"你一世为了我们，辛苦操劳啊……"

---

① 方言：爷爷。

戏子哭得很认真，脸上泪痕混乱，看起来就像有鸡群在平整的雪地上打过架。嘻嘻哈哈的人很快安静了，一些女人跟着哭起来。一时间全世界都悲伤了。我们家的人却没有眼泪。这让我感到惭愧。

我隔着玻璃看了一眼冰棺中的姥几，他的脸小了很多，颧骨突得更高，腮帮子放得进拳头。姥几十多天没吃东西，他是饿死的。

"虎虎，来，给我再装碗饭去吧。"那年我五岁。姥几已经吃掉两碗米饭，一堆红烧肉。奶奶觉得他不晓得饱足，怕他被饭撑死，所以扣下了那只饭碗。我空手回到姥几身边，他似乎也忘了吃饭这回事，问我："你妈妈蛮久冇回来了吧？"

"妈妈和爸爸离婚了。"我说。

"我像你这么大的时候，就冇得娘了。"姥几试着将我抱到他腿上，但我太胖，他抱不动，于是放弃了，指着泥屋里很占地方的那张桌子，说："去，打开中间那个抽屉，把洋铁皮罐子和最上面那册练习簿拿过来。"

姥几揭开罐子，捏了一块很大的冰糖给我，盖好盖，让我放回抽屉。我含着冰糖，看姥几翻开练习簿，想想哼哼，哼哼想想，然后在簿子上写了一些长度相等的句子。抽屉里那一摞练习簿，里面全是一截一截的句子。我后来才知道这叫诗。等到烧姥几的东西时，这些练习簿被抢来抢去，识字的大声朗读姥几写的诗，个个笑得要死。

"写诗几好①啊……你太小了,只怕我等不到教你的那天呢。"姥儿的字规规矩矩地待在格子里,就像人躺在棺材里一样。

我开始抽抽搭搭地哭,可是戏子的声音太大,我感到压抑,于是昂起头,像挨了揍那样号哭起来。

没有人管我。大伯掏出了一张五十元的绿票子。观众发出了惊嘘声。

草帽的底慢慢被钱盖住了,唱到小姑这儿,已经蓬松地堆了起来。因为戏子知道二伯一家在城里做生意,一直咬住着他们唱。二伯也逗戏子,不紧不慢,掏了很多一块钱的零钞。围观的乐坏了,笑声一浪接一浪。戏子聪明,心知斗不过二伯,主动放弃,留了精力在小姑这儿捞最后一笔。

这时,戏子的眼泪已经干了,鸡打过架的雪地上结了冰。

"嗲嗲啊,我的个好嗲嗲啊。"戏子转了调,用了新的唱腔,声音颤抖着,旋转着,像个电钻一样直往人心里钻。喉咙里那股气像一只小鸟冲进云雾不见踪影,她的嘴张开,舌头僵在那儿,直到小鸟飞回来,落在舌尖,重新激活了她。

所有的人都捏着一把汗,要是那只小鸟一去不回,就要出新的人命了。

唱了太长时间,戏子的嗓子已经不像开始那么敞亮,声音哑,困在喉咙里出不来,听起来更悲伤,好像马上会死于心碎。一阵呼天抢地,满头大汗,戏子缓口气,转了唱腔:

---

① 方言:很好。

"你这个小孙女长得乖呐，心事①几好哇……年纪轻轻自己就开了公司啊，有啊……有出息啊……"

小姑给姥几上香，敬酒。

"你的哆哆晓得，你是个孝顺的孙女儿……他老人家一定会保佑你发大财啊……我也晓得你是个大方的有钱人呐，你袋子里的红票子一张张只管拿出来哪……"

人们大笑，跟着起哄。

小姑随戏子去唱，磕完头，往草帽里丢了两张百块子，起身走了。

孝歌唱完了。有些人围着满头大汗的戏子，帮她数钱。

人们像鞭炮屑覆盖着地坪，不时有笑声炸响，好像没放完的鞭炮，纸屑飞起来，旋几圈落下。唱孝歌子的一个人赚了一千八，做道场的几个法师上来，就更有看头了。我的亲戚们这才知道，接下来的道场、出殡，那才是重头戏，你从口袋里掏多少出来，大家都看着的，总不能比唱孝歌子的低。大伯母着急，赶紧打散百块子，换成十块二十块的。二伯母嘻嘻笑，别个爱说说去，"又说不掉我身上一块肉"。

奶奶开始处理姥几的财产，就是他一直攥在手里的那些钱，按家族户头算，每家分得八十块。奶奶嘱咐这是发财钱，不要花掉。我的亲戚们并不觉得这八十块钱与别的八十块钱有

---

① 方言：心地，良心。

什么区别,除了被姥几攥得一股汗酸味之外,所以后来全扔进了道场先生的法事钵里。

天气虽然寒冷,十几个藕煤炉子①分散在地坪上,热乎乎的,每个人的脸上都带着两坨红。藕煤孔里伸出绿舌头,瓜子壳吐进去,就冒出一股青烟。闲聊的妇女们围着炉火,一会儿烤脚,一会儿烤手,有时还要烤屁股,似乎不这么翻动自己,就对不住那堆火。

没有人看姥几一眼。那个大冰棺,像一件用了多年的旧家具。

做道场的几个来了。他们似乎早已心中有数,满脸愉快,像鱼儿划过水波似的,穿过人群。他们喝一杯芝麻豆子茶,戴起高帽,穿上花花绿绿的袍子,挂出他们的鬼画符,敲击木鱼,吹响喇叭,摊开爷爷交给他们的家谱,口齿不清地哼哼唧唧,唱经做法。

一会儿,道场先生们敲锣打鼓,在地坪里快步转圈,在桌子间穿梭,我们几十个白衣教徒跟在后面,按辈分年龄排序,爷爷奶奶打头,队伍像条受伤的白龙痛苦地扭动身体。

"来来来,孝子孝孙们,"薛老爷在桌子上搁了一个竹篾篮子,"钱只管往这里面放。"

围观的人拍脚拍手笑。

我的亲戚们备足了子弹,只要经过竹篾篮子,就有票子

---

① 方言:烧蜂窝煤的炉子。

飞进去。反正天气冷,多转几圈没坏处,所以我的亲戚们挺高兴,像上体育课。

悠闲地转了二十分钟之后,竹篾篮子看不见底了。

道场先生好像知道里面没有红票子,加速念经,嘴里快得像狗抢屎,乐器敲击声像开了锅的粥,脚步不断提速,二十迈……三十迈……四十迈……突然,他们帽子后面的两根飘带浮起来,我的亲戚们那垂下的白布像旗帜一样,被风扯横了,抖出飕飕的声音。我们不是碰到桌子,就是磕到凳子,跌跌撞撞,呼哧呼哧喘气,一面笑得要死。那些看热闹的更是哈哈不断。这时候,薛老爷扯住爷爷奶奶,拉出队伍。他俩坐在椅子上,好像不甘心在游戏中出局,张着嘴,好久都没缓过来。

我们继续奔跑。我们成了白衣仙子,完全飞了起来。观众的脸越来越远,越来越模糊,他们的笑声也被风吹得七零八落。二伯母撑不住了,从口袋里掏出所有的钱,扔进竹篾篮子,她慢慢降到凡间,钻进人群中。

篮子里已经有点料当①了,明显看得见红票子。大伯弹尽粮绝,再加上薛老爷在喊香烛先生,大伯趁机离开队伍。长龙越来越短。短得不成样子,最后只剩下我和我的堂表亲们跟着道场先生,我们这些曾孙辈,有体力跑,有兴趣玩,但是口袋里没钱。于是,道场先生帽子后面的飘带落下来,我们都回到地面。据说刚才我们送姥几走了一百里地,晚上还要再送他过

---

① 方言:意思是有货,有实质内容。

"奈河桥",让他顺利回阳世投胎。

竹篾篮子里的钱很快清点完毕。道场先生喝水润喉,眯眯笑,仿佛长了四道眉。

按薛老爷说的,等到晚上送姥几过"奈河桥"时再披麻戴孝。我和我的亲戚们卸下了孝衣,像是憋得太久,缺氧似的大口呼吸。周围的人全是红光满面。地上一层瓜壳纸屑槟榔渣。屋角塘边的那堆熊熊大火,正在燃烧姥几用过的东西。泥屋里已经搬空了,又迅速被厨房办酒席用的柴火、碗筷、蒸柜等器物填满。

姥几躺在堂屋的冰棺里,他一定闻到了他屋里飘出来的扣肉香。

姥几的东西不经烧,很快只剩下床骨架,以及垂死挣扎的火苗。这时候,给姥几备置的东西运回来了。那是一幢金光闪闪的纸楼房,比我还高,一共三层,堂屋里停着一辆奔驰汽车,几个筐里装满了钱。从窗口望进去,房间里宽敞得可以跑马。家具也是金光闪闪,成套成套的,床上铺着华丽的被子,鞋柜里摆着数不清的新鞋子。

干净富贵的姥几坐在书桌前写诗,他很年轻。

"虎虎,过来。"姥几看见了我,高兴地招手。我走过去,倚在姥几身边,他身上的新衣新鞋散发香烛的味道。"我这一世最喜欢的那两句诗:洗砚之时曾染指……你还记得下一句不？"

"种花以外不低头。"我说。"洗砚……砚是什么东西？"

"砚啊，就是石头做的，写毛笔字时，用来磨墨的……"

屋突然在晃，所有的家具在颤抖，发出沙沙的响声。

"这个灵屋子扎得好啊！蛮结实的，"薛老爷的儿子使劲摇这栋纸楼房，"狗舍的，舍得犯本①哩。"

我回头望了眼姥几的泥屋，一缕青烟从那扇唯一的小窗飘出来，羞答答的。

村里的军乐队这时杀了过来。十几个红衣红帽白短裙的村妇，敲着大军鼓，齐声喊着"一、二、一"，踩着地坪上的杂屑灰尘，将队伍踩成方形。她们个个描了眉，画了眼，嘴皮子鲜红。有几个怕丑的，低着头笑。男人们大声议论，说她们脸上刷了墙面漆。

领队是个强壮的女人，挥动系着红绸的鼓槌，向军乐队大喊："一送里个红军……预备……唱！"

烂铁皮鼓声和村妇们豁出去了的喊唱惊天动地。一首《十送红军》，又一首《咱当兵的人》，然后变成一唱一和的口号：

"孝子孝孙们听分明啊！"

"好的啊！"

"红包给得早，你屋里个个日子过得好！"

"好的啊！"

---

① 方言：舍得花钱。

"红包给得多,你屋里读书当官的一窝一窝啊!"

"好的啊!"

……

她们闹翻了天。长明灯里的油快要燃干了。烛光一跳一跳。我讨厌这支军乐队,她们会吵醒冰棺里的姥儿。

吃晚饭的时候,高音喇叭停了,铳也不响了,只剩下人们哑巴和说话的声音。加菜,添饭,喝酒碰杯,喜气洋洋的。火锅炉子冒着白气,远看像云,一朵一朵地浮着。脚鱼被迅速消灭了,人们站起来抢夹脚鱼汤煮下的白菜,筷子直打架。

屋里光线模糊。姥儿的冰棺陷入昏暗,黑白遗像在蜡烛和长明灯的映照下十分醒目。他冷冷地望向地坪,鼻孔里喷出的呼吸令烛光摇曳。

男人们饭还在嘴里,就开始搭建戏台,他们越是快乐,越是吃喝,骂粗口,钉锤子敲得叮当响。高音喇叭又唱起来。我那些酒足饭饱的乡亲,屁股调转方向,就地抢占看戏的好位置。大姑端着托盘给大家发茶水、瓜子和槟榔。爷爷奶奶坐在第一排。戏子一上场,他们的嘴就张开了。在一起生活了那么多年,他们已经长得像双胞胎,表情、牙齿、皱纹,以及微昂头看戏的姿势,都一模一样。

此刻,他们完全沉浸在自己家门口看戏的幸福中,我从来没见他们这么满足过。戏子一个亮相,奶奶突然开怀大笑,那张长期阴霾的脸上,顿时阳光灿烂。她雪白的牙齿,像穿透阴云的光芒——过去她总是抿着嘴,很少说话——嘴角的酒窝此刻仍在皱纹里出没,像小兔子在草丛中跳动。人们都说我长得像奶奶,我的嘴角也有酒窝,我的牙齿又白又整齐,我也阴着脸不爱说话不爱笑。

有一段时间,总有媒人来给爸爸介绍对象,话是这么说的——小孩没妈可怜,关键是给虎虎续一个妈。爸爸一个也没答应。

有天晚上乘凉,我和爸爸坐在河堤边。爸爸问我想不想妈妈,我说不知道。爸爸说,只要心里想,有一天她会回来的。但是我不想妈妈,她很少来看我,她就像我那些一年到头碰不着面的亲戚一样,并且越来越像一个远亲。

戏没意思,什么《刘海砍樵》《五女拜寿》,早跟爷爷奶奶看得滚瓜烂熟了。我坐不住,到处跑,那些看我们家的戏、吃我们家瓜果的小孩子,都在讨好我。我故意走到堤坡往下看,我们家灯火通明,全村的人都集中在我家地坪上。可惜女姥几[①]早就死了,不然我们家可以多热闹一回。

戏散得快,因为送姥几过奈河桥的时间到了,耽误不得。道场先生撑开一架梯子,搁在路中间,他爬上梯子,爸爸跟在后面,上一级阶梯唱一阵,一级一级唱上去,在梯顶唱了很久,翻过梯子,又一级一级唱下来。我以为去奈何桥要走很远的夜路,没想到就是这样翻架梯子。我和我的亲戚们跪在路边

---

① 方言:曾祖母。

烧纸钱，一边当火烤，一边配合道场先生，把姥几喊"回来"。

二伯母胆小，觉得后背凉飕飕的，直往人中间挪。

"你们只管大声喊啦，哭啦！"薛老爷说。

我的亲戚们好像都很怕丑，他们一张一张点燃纸钱，哧哧地笑。

"要是不大声喊，他回不来的。"薛老爷又说。

我好像看见姥几拄着拐杖从堤坡上走下来，一眨眼又不见了。黑暗中只有树影子在晃。

姥几要是回不来，就会掉到血河里去。

我想象血河里的毒蛇和怪虫。"姥几，姥几啊，你快回来喽——"我使劲喊，叫得一声比一声大。

我的亲戚们笑了一阵，也放开嗓门喊了起来。

我和我的亲戚们穿着白衣，在黑夜里一声接一声地喊着，北风呜呜地吹，我们更像找不着家的鬼魂。

我们的声音劈开黑暗，传到很远的地方。

这时我听见了哭声。是我。我在哭。

道场先生说姥几是听到我的哭声，才顺利过了奈河桥。他夸了我一番，然后卷起所有的东西离开了我们。帮忙的人也都回家睡觉去了。高音喇叭继续吵。我累得要命，睡在地铺上，我的亲戚们在姥几身边搓麻将守灵，他们有说有笑，迷迷糊糊中，我听见二伯母尖声叫道："胡了！哈哈，嗲嗲保佑，豪华七小对！"

"虎虎,快点哪,虎虎啊!"姥几喊我拿砚给他写对联。我睁开眼睛,却是大姑在推我:"虎虎,快起来,姥几要出殡了。"我卡在梦和现实之间,半天才想起姥几死了。

天刚刚亮。光秃秃的树枝在摇晃。小雨夹雪飘向窗台。天气似乎比昨天冷。我下了楼,昨天消失的一切又恢复原状,人们各就各位。油毡布雨棚几乎盖住了整个地坪。铺着金黄丝绸的棺材搁在那儿,姥几穿着那身新衣躺进去了。遗像、烛火和长明灯依然摆在脚那一头。一群金刚师整装待命,腰间都纳着一条毛巾,他们有不少是从城里赶回抬丧的。所有人都在嚼馒头,喝豆浆。我的亲戚们个个一身雪白,艰难地吞咽从镇里买回来的早餐,这使他们显得很悲伤。如果不是军乐队里的妇女和金刚师们打情骂俏,这个早上的气氛简直比八磅大锤还重:

"噫,曹堂客,平时冇注意,你化点妆也算看得哩。"

"哦哟,看得看不得,关你什么事,我夜里又不是跟你睡一张床。"

"哈哈,莫得①有机会呢?"

"你想都莫想,曹堂客的男人会剐了你的皮。"

"他在街上做泥水匠都不回来,晓得个鬼。"

下了一阵雪粒,油毡布上噼里啪啦像爆豆子。

那个叫曹堂客的女人突然指着堤坡那边:"娥嫂!"

---

① 方言:万一。

所有人都望过去。我看见娥嫂——我妈，穿一身黑衣，停在那儿。

大姑和大伯母带着妈妈走进地坪。妈妈跪下给姥几磕了三个头。站起来，局促不安。她的眼睛和嘴角瘀血有伤，像是被人揍过。她那只受伤的眼睛先看见我，然后那只好眼睛也跟着红了起来。她仿佛要开口跟我说话。我躲进那群散发脂粉香的妇女中。

爸爸背对着我们，看着远处，好像那边有什么东西吸引了他。

邻居那栋废弃的老屋，一身青苔。窗框上长了野草。树从房子里长出来，冲破了屋顶。

"娥嫂真是有情有义。"

"换了我，我是有脸回来的。"

"莫这样讲。听说她在那边生的儿子去年死了。"

"啊……"

村妇们低声吃馒头嚼舌头，将塑料管吸得滋溜溜响。

关于是否让妈妈披麻戴孝，爷爷和亲戚们起了争执，他认为妈妈不配穿孝衣。

妈妈像个做错事的孩子，垂着头，谁也不看。

"孝子孝孙们，都准备好没？"薛老爷喊道。

爸爸没说话，径直拿出了白衣白布头，亲自给妈妈穿戴好。

我和我的亲戚们站成一堆，等候薛老爷的命令。

"要会亲不？"薛老爷问。

"不用会了吧。"爷爷说。

"不看最后一眼了?"薛老爷有点惊讶,"一旦封棺了,想看都看不到了噢!"

"那就会吧。"爷爷说。

我和我的亲戚们围着棺材转。

"转慢点,好好看亲人最后一眼。"薛老爷喊。

我又羞愧起来。我的亲戚们只顾走路,甚至都没往棺材里看。姥几全身埋在灰中,脸上罩着玻璃罩子,像要上太空的宇航员。他安详,宁静,似乎第一次睡上安稳觉。

"好了,会亲完毕,孝子孝孙们跪下!"薛老爷手一挥,"封棺!"

金刚师抬起棺盖。钉长钉。我们紧挨着跪下。妈妈和爸爸并排,衣摆连衣摆,肘碰肘。

"一封天官赐福,二封地府安康,三封生人长寿,四封白煞潜消,五封子孙时代昌。"薛老爷一边撒米一边念。

我见过别人家办丧事,这种时候会有惊天动地的哭声,甚至有人趴在棺材边,不让盖棺。下葬的吉利时辰,以及田野里新挖的坑都在等待,我的亲戚们一点也不想妨碍薛老爷的工作,静静地跪着,连呼吸都屏住了。

雨雪停了,天有点放晴的样子。但还是冷。我的亲戚们抓着自制的跪垫,立在一边,看金刚师将雕着龙头的长柱绑紧棺材,抬上四轮拖车,准备游丧。我骑着棺材,腿间搁着一袋米,我牢记薛老爷说的,米要保证撒到坟地,不能半路就撒没了。

现在,我比谁都高,看得比谁都清楚。妇女军乐队排在最前面,粗壮的小腿肚子歪歪扭扭;接着是我雪白的亲戚们。大伯高举招魂幡,二伯手捧遗像,爸爸抱着灵牌,剩下的人则像一群毛茸茸的小鸡东挤西挤。一声铳响,旗帜飘飘,军乐队敲响铁皮鼓,征战队伍缓缓出发。我周围的金刚师们手搭着木架,松松垮垮地走着。花花绿绿的道场队伍跟在后面,各自吹拉弹奏,摇头摆尾。最后面是薛老爷的儿子开着手扶拖拉机,嘭嘭嘭嘭,上面装满了香烛纸钱烟花鞭炮。

一路上鸣炮奏乐,浓烟翻滚,我们冒着炮火前进。火药味呛人。我的亲戚们时隐时现,仿佛在云中穿行。拖车像蜗牛似的往前滚。专门从城里赶回来的高个金刚师扯着嗓门说城里的事:

"有天夜里睡不着,在街上乱转,一个穿超短裙的女的从树背后站出来,要拉我做生意。我一看有点面熟……我说,你是牛八几的堂客吧?那女的一愣,赶紧跑了。"

金刚师们大笑。"你真的有跟她去?说老实话,保证不告诉你的堂客。"

"你们脑子里一天到晚只有乱搞。看看三波,都等了五年了,"高个金刚师侧过身,朝我挤了挤眉眼,"我看娥嫂迟早会回来……有没有谁跟我赌一包蓝蒂巴①芙蓉王……"

这时，金刚师领队打出手势，停止前行。我的亲戚们突然转身朝我们跪伏，仿佛皇帝驾到，白压压的一片。大伯和大伯母小跑过来，跪谢每一个金刚师。丧事总指挥塞给金刚师领队一个红包和一条烟。

队伍重新挪动。我憋着一泡尿，坐立不安。冷风吹得清鼻涕直流。抹一下鼻涕，撒一把米，手上粘了一层米粒，往身上蹭了蹭，白衣上留下黑印疤。有一阵我忘了撒米。

爸爸踮着伤脚，拉着妈妈一起给他们下跪的时候，嘻嘻哈哈的金刚师们突然安静下来，好像有点惭愧。

"虎虎，冷吗？"妈妈最后昂起头，手只能摸到我的鞋子。

我低着头不说话，也不看妈妈的脸。

金刚师一路不断"罢工"。不多久到了姥几的墓地。拖车停在大路上。出力的时候到了，金刚师紧紧腰带，往手心唾口痰，搓出一阵糙声。只听见一声"哦嗨！"，金刚师们抬起棺材，踏进收割过的稻田，快速前进。铳声、鞭炮声、道场先生的喇叭、钹，军乐队的烂铁皮鼓，集中发力，敲烂了天空，阳光从破洞里迸射出来。我们像一只龙舟在水里飞驰。像一只蜈蚣虫在禾蔸子中间逃窜。风削过我的耳朵。不知什么时候，我已经尿了一裤裆。棺材放进深坑，他们往姥几身上填土的时候，我一直沉浸在尿裤裆的羞耻里，下半身仿佛泡在冰水中。

---

① 方言：香烟过滤嘴，或烟屁股。

我和我的亲戚们围在墓边，跪成一个 U 字形。一个雪白的 U 字，写在黄土上。我们很安静。田野的风从远处扑过来，揪着枯草和树叶。鞭炮烟雾匍匐前进。隔着棺材，我看见姥儿睡熟的样子，泥土一锹一锹泼洒在他的脸上。我好像听见爸爸在低声念经："对不起了，哆哆……对不起了啊，哆哆……"

妈妈两只手深深地抠进黄土里，慢慢地攥紧，一些散土从她的指缝里挤出来。风吹乱了她一行一行流下来的眼泪，脸上湿一片干一片。她没发出声音。鼻涕吊在鼻尖上。她好像在回忆什么，表情十分遥远。她咬紧嘴皮子。她憋红了脸，脸上的伤好像获得了新的生命，变得更加鲜亮。

"啊——"一只关不住的野兽突然撞开妈妈的嘴，蹿出来，嗷嗷地在田野上撒野。她的号哭声震得一切都静止不动，连风都停止了奔跑。

姥儿的坟高高地堆起来，像一只大奶子。我和我的亲戚们一边脱孝衣，一边往家里走。回到家，太阳已经出得满满的，照着我家的楼房，也照着姥儿的泥屋。地坪上空空荡荡，油毡棚拆了，桌椅也撤了，到处扫得干干净净。姥儿的遗像挂在堂屋中间，香烛燃得正旺。灰狗巴顿不知从哪里钻出来了，摇着尾巴迎接我们，表现久别重逢的狂喜。奶奶叠着左右手站着，想到再也不用给姥儿送饭了，那双手既觉得如释重负，又觉得无所适从。奶奶近乎炫耀地展示雪白的牙齿和嘴角的小酒窝，好像是彻底和大家分享这个珍藏了很多年的秘密。

太阳就像一个刚刚烤熟的馅饼，热乎乎的。我的亲戚们开始脱去外套或者毛衣。

爷爷戴了老花镜，拿出办丧事的账本，召集大伯二伯，要算一算给姥几花了多少钱。

爸爸低头使劲擦皮鞋，看样子是要用他的摩托车送妈妈进城。妈妈软在椅子里，仿佛刚才的号哭耗尽了她全部的精力。

我已经换了干净裤子，我的亲戚们开始拿我取乐，笑得茶水喷了一地。我随他们闹，只顾翻着姥几的练习簿，我从火边抢出来的，有的已经烧掉了角。后来，我抱着姥几的洋铁皮糖罐子坐到苦枣树下，擦掉外壳被火熏过的黑灰，揭开罐盖。里面有半罐冰糖，还有几颗我从未见过的小糖粒子。我捏出一粒放到嘴里，当我意识到这粒糖不但不甜，反倒有丝苦味的时候，它已经滑进了我的喉咙。我又找了一块冰糖嘎嘣嘎嘣地嚼着，慢慢翻看姥几的练习簿。太阳暖融融的，树影子在本子上摇晃，我听见马蹄声嘎嘣嘎嘣，练习簿上的字化成一群武林高手，他们骑着马挥着砍刀，腾云驾雾般冲杀过来。

Turn on

结婚请柬鲜红刺眼，香味浓得呛鼻，但是程晓红用她的那双灵巧小手制作得非常精美，上面写着"请丁燕小姐携先生张旭亲临"。程晓红玩了一个文字游戏，把先生放在张旭的前面，先生的意思便暧昧了。深圳这地方，女人称丈夫为先生，也可以称大街上所有男士为先生，过去的学生称老师为先生，也可以尊称德高望重的女士为先生。先生是多义的，先生是含糊的，先生是暧昧的。程晓红的意思是张旭先生是丁燕的先生。张旭装出天真的样子解释，像回答一加一等于二。我笑。就目前我与张旭的状态看，先生张旭，的确是指丁燕的先生张旭，但我读到了先生张旭里隐藏的信息。程晓红是聪明的，先生张旭适合我与张旭任何一种关系与状态，就像我与一个男人勾肩搭背的照了张相，你说不清楚我们确切的关系，但是和一个男人拍婚纱照就不同了。因此先生张旭，也可理解为张旭先生。

食指与拇指压下煤气开关，朝 turn on 方向拧转，煤气灶孔里腾地冒出一团烈焰，疯狂地扑过来，我像一杯水，被口渴之人一饮而尽，一股煳味堵住我的鼻孔，我闻到自己肉体焚烧的焦香。张旭教我 turn on 的时候闭上眼睛，深夜梦魇般的幻觉来得更真。恐惧吸干心血，痛苦把心揪成麻绳，崩溃了却还吊着一丝希望，在这样的罅隙里，我几乎是挣扎着把手伸向 turn on，闭着眼睛，更清楚地看到扑向我的一团火焰，我因而知道，我活着。我活着之时，就得承受煤气灶的捉弄，面对它的摆布忍气吞声。它吐着温柔的蓝焰，向我微笑，我知道这里面潜伏着巨大的阴谋，它算计着更为妥当的时间，在我毫无准备的情况下，爆炸！像一个男人，一边与你调侃着，一边却思考怎么痛快地做你；一边做你，一边却想着另一具美艳的躯体，一切都像这摇摆不定的火焰。我无法预知煤气爆炸的时间。我永远是弦上的箭，等待射出，等待爆炸。可是我不愿等待张旭对我说"越来越没劲！"让这五颗子弹弹冷飕飕地将我击毙。

我瘦得像条饥饿的狗，肋骨顶着皮囊，立刻让人想到悬挂的狗排，胸部以下，肋骨呈八字形，搭成伞一样的阴蓬，胃部凹陷，前背贴着后背，像炒锅。我抽烟。我抽烟时那面炒锅一鼓一瘪，就像蛤蟆的腮，蛤蟆张着两只乳房样的眼睛，漠然地思考什么。

叉开双腿上床把自己摆开，我像片白纸。跟得上时代的，都与电脑纠缠上了，没有谁会在一张纸上来涂写。我抚摸着这张白纸，光滑的，没有皱褶，空白的，没有语言，与那闪烁光标的电脑屏幕一样，只不过纸上没有光标，没有指定的下笔路径，不是程序设计，也不是机械操作，而是一触摸，内里就奔涌热血的有生命的纸。

相对于纸，写者是自由的；相对于写者，纸是自由的。

当然，我不是《裸体的玛哈》或者《入睡的维纳斯》。

张旭说。

我是顶着黑衣服的骷髅，我晃动在空空的衣服里。手褪出袖子，我在衣服里转身，从前面转后面。我总玩这样的游戏，忽然间披头散发，面孔朝后。张旭曾恐惧地叫，你怎么像鬼！我说张旭你错了，你应该说，你怎么像人？！

张旭是个美术老师，留着我喜欢的长发，但真正让我迷醉的是他的鬓角，充满英国贵族式的矜持与原始的奔放。柔软的发丝微微卷曲，紧贴皮面生长，到与耳朵平齐的地方自然结束。这种宽条形的鬓角很是罕见，他整个鬓角的韵味，在收尾的地方表现得登峰造极，有几分恣意，几分狂妄，几分内敛，像大师的妙笔杰作，隐含着全部的个性、涵养与智识。

我承认我曾经意淫。这个沉默的性感的鬓角，超出语言挑逗与引诱的力量，轻易地打开我欲望的闸门，我想象那侧脸擦过的快慰，像羽毛拂过身体的隐蔽处。他的眼神扑过来，就像列宾的《作曲家穆索尔斯基》一样，茫然而冷酷，深刻且意味深长，尖利如猫的爪子，准确无误地攫住了我这只偷窥的耗子。

为了不标新立异，我们混进恋爱的大多数，没多久就同居了。在新婚夜才赤裸相拥，那委实矫情与刻意。我们成熟的肉体很赞同并且享受我们的决定。我们兴致勃勃地手挽着手，吃遍了东西南北风味，我们在餐桌上饶有兴致地谈童年及一切往事，谈希望与所有未来，眼神在冒着热气的桌面相撞，飘散。我们的右手夹菜，往嘴里扒饭，左手在桌面相握，或在桌底下搭上对方的大腿，我们需要这种黏合，这种抵触，像兑冲一杯蜂蜜。终于有一天对着五花八门的菜谱，一个菜也不想叫，一个菜也点不出来的时候，张旭说，小小燕，我们自己做饭吧！是啊！我怎么没想到呢？我兴奋地跳起来抱着张旭喊，亲爱的，我要为你下厨！

我要为张旭下厨，呼喊是真挚的，不必置疑。我愿意在锅里调制爱情端到桌上享用，就像从卧室做到客厅，拓宽做爱范围，每一种方式都是爱情足迹的延伸。

那是蓝花格子的围裙，绣着精致的花边。像孩子的肚兜，一根绳子系在腰上，一根绳子绑在脖子上，于是我被捆绑成厨娘。帮我系上围裙时，张旭得意地说，亲爱的，围着厨裙的你，别有一番风味呢，你天生是我的妻子。张旭灌得我晕头转向，我幸福得一塌糊涂。

左 turn on，右 turn off，看着煤气开关我傻眼了。我压根儿没想过还有这么一个环节。

你帮我开煤气，我怕！我不敢伸手。傻丫头，你看，turn on。张旭啪地一下拧转，他的动作甚至有几分潇洒，蓝色的火苗腾地窜起，扭动。我放上炒锅，把厨房兵器弄得乒乓作响，大干四化一样热火朝天。

吃饭的时候，我们依然大腿抵着大腿。

张旭，来帮我开煤气！来了来了，我的小傻瓜。

以后每回做饭，都由张旭 turn on，我们配合得像公的和母的。

做饭前为你打开煤气，就像做爱替你剥除衣裳。张旭嬉皮笑脸。

日子过得很快。快乐不知时日长。我们被俗语击中。

忽然一天，张旭终于烦了。你怎么还不会？turn on！食指和拇指拧着按下迅速往左旋扭！他手里拧着遥控器，眼睛追逐电视节目大声地喊。我怕，我一直都害怕的呀！连煤气都怕，你怎么当人老婆？你想不想当我老婆嘛！我当然想，这跟煤气有什么关系？老婆要做饭，做饭要 turn on，就像睡觉要做爱，做爱要脱衣服！可是你说过，"做饭前为你打开煤气，就像做爱替你剥除衣裳"。我以为找到了有力的盾牌，欲暗自得意，却猛然震愕了，我突然发现一个事实：张旭很久没替我脱衣服了！即便是我自己脱光了，他也才缓慢地兴奋起来。

我颓丧。哑口无言。

Turn on。闭上眼睛，全身肌肉立刻紧张了。用食指与拇指压下煤气开关，往左迅速地旋扭，嘭——猛烈的大火扑向我，呲呲呲疯狂地燃烧，我恐惧地睁开眼，蓝火苗儿微笑着舞蹈。

或许，它原本是天使，是我把它假想成了魔鬼。

闭着眼睛 turn on。幻象来得更真实可怕。

我只能闭着眼睛。

咀嚼。每一粒饭都经过了牙齿的咀嚼，舌头的品尝，每一颗牙齿都参加了对于饭粒的碾磨，我们像科研工作者，严肃细致负责，绝不苟且完事。

端坐着身子，左手端着饭碗，右手握着筷子，夹菜扒饭，决不拖泥带水，像一个舞蹈者。腿在腿的位置，没有偏离，手在各自的岗位尽职，唯有两人咀嚼的声音交融，像活塞在湿润的管道里抽动，传递着默契与融洽，在碾碎那欲望的硬块，以饱饥渴的腹。可是咀嚼是干燥的，枯燥的单调的，压抑的沉重的，甚至还是尴尬的，涩涩地，涩涩地响。这种湿润的声音唤起某种温馨的联想，我的心里涌起冷冷的恐惧。

我在一家小报做着所谓的编辑，修改"的地得"和标点符号，必要时整块挪动。我慢慢地习惯被它们强奸，无力反抗，并开始麻木地享受。Turn on，指引我前进与生活。我们的办公室很大，齐胸高的玻璃屏障，围成一个大圆，形同猪圈，里面切割成六块，根据品种的不同，再做了详细的划分。比如主任的桌子是我们的两倍，独占一条电话线，独享气派的办公桌，就像良种猪独享食槽，特派的奖金就是那额外的饲料，把他撑得大腹便便。余下的五个人算是同一类别，一切共享，拥有虚假的私人空间。抬起头，不是宋吉掏鼻孔，就是刘琴照镜子，阿涌一个喷嚏，就使我水杯震动，稿纸哗啦哗啦往桌底下滑溜。电话一响，五个分机一起轰鸣，像防空警报，好几次我拽着贵重物品就想往防空洞里钻，陡地站立，再颓然坐下，糊涂与清醒同时产生。日本佬夹尾回巢，太平盛世哪有狗叫。是电话是电话，我咬英语单词般狠狠发音。

　　刘琴揽下了接电话的活儿。刘琴刚进报社时，她老爸就邀了报社领导和编辑部同仁狠撮了一顿，刘琴就成了编辑部的宠物。刘琴芳龄二十三，这也是电话轰鸣的原因。刘琴对每一件事情都兴致盎然，像个初生的婴儿对待世间万物。而我觉得每一件事情都索然寡味，像一个残疾人独自承受着不幸。我有病。我肯定有病。我有病就是不健康，不健康就是病。我甚至把电话的突然响起误作煤气的爆炸。每回电话响，我的心脏就经受一次冲击，甚至于身体最隐蔽的地方也受到侵扰，像毫无戒备的小蜗牛，猛然收回散漫的触角，肌肉发紧。

爱情怎么把你滋润成这样了？节制点，细水长流啊！宋吉阴阳怪气。我说你们这帮混蛋，眼红是吧。咋不眼红呢，张旭艳福不浅，你要是结了婚，肯定有部分读者魂断小梅沙。你们猪，损人不利己。电话又响，我腾地站起来。嘻，咋啦，蚂蚁咬屁股啦？刘琴笑眯眯地，像她胸前那个大大的hello kitty头像。喂你好？哦，请稍等。丁燕，找你的。我拿起桌上的分机，刘琴的分机还在手上，她要听。无所谓，我反正没有秘密情人。我几乎没什么隐私，除了肉体。刘琴挂了，刘琴还是挺懂事的。电话滋滋地响，像煤灶燃烧，空锅烧红了。啊程晓红呀，怎么回事？王东他？不会吧？那下班在名典咖啡屋碰面。

今天不必turn on，心里那群关在笼子里的鸽子扑腾扑腾飞向蓝天，忽然间全身肌肉都松弛了，不自觉地哼起了歌：我怕来不及，我要抱着你，直到感觉你的发梢……丁燕要玩红杏出墙了，看她那甜蜜的样子！宋吉，你好歹也当了四个月的爹了，我看你跟你儿子角色调换一下差不多。阿涌刘琴哈哈笑，好新闻，明天见报，头版头条。

我给张旭拨电话。我在图书馆。他回答。我原本只是告诉他，今晚不回家turn on，听他一说，忽然间就很生气了。你为什么不弄点菜回家？我在图书馆查资料啊。你怎么查不完的资料嘛！我开始觉得自己没道理，火却越发越大。你怎么了？我很正常！不是生理周期吧？我说了我很正常。发出不turn on的信息，几乎是做爱的另一种暗示。不 turn on 的那天，张旭肯定会剥我的衣服。如果你有事我去买，我现在就去买菜！张旭妥协。你自己吃吧！我生硬地说，粗鲁地挂断电话。我重新烦躁了。每一次打乱正常进行的 turn on，我就感到生物钟紊乱，就像挨了一个通宵，困到极点却不能入睡，脑海里是白天，不断地行走着人，晃动的事物，说话的嘴唇，裂笑的牙齿。我故意制造了因为张旭不买菜，所以我不回家 turn on 的假象，我企图在这里面找点什么？或者我在不由自主地向张旭暗示什么吗？是我的潜意识里渴望跟张旭稍为频繁地做爱吗？我明明要跟程晓红吃饭，程晓红要跟我谈她的感情问题。

王东是我介绍给程晓红的。王东是个警察，大约是那身警服太约束的缘故，王东趿着拖鞋，穿着沙滩短裤短袖 T 恤，懒懒地来到我的生日晚会现场。弹簧那东西，压得越紧，就弹得越远，就像求形体释放的王东，那股懒散劲儿，就像曾被人捆绑了几个世纪。好在也不是什么正儿八经的宴会，在场的女孩子光彩照人，王东才有点局促。程晓红特意逛街弄了一套白衣裙，绝对的可人。其实这里有一个蓄意的阴谋，我就是想撮合程晓红和王东。那时程晓红刚与男友分手，异常空虚，医治失恋的良药就是迅速地投入再恋，这点我与程晓红达成共识。王东这身穿着，谁都想这事儿准崩。没想到后来两个人居然搞起地下工作，现在革命快要成功，曙光就在眼前，又不知程晓红遇上啥事儿了。

名典咖啡屋有点冷色调。程晓红向我招手，五个手指头在空中弹钢琴。服务员倒上一杯柠檬水。丁燕，你越来越瘦了呀！张旭都在搞什么鬼嘛。我一坐下程晓红就嚷嚷。我准备抽烟。程晓红一把抢过火机。不让你点！你看你瘦得鬼一样，那手，鸡爪子似的。你认为胖就像人了吗？我嗅了嗅烟，用枯枝样的指头轻轻地抚摸，烟瘾在嘴唇上漫延，渐渐渗透到嗓子里，弥漫到胸腔，在心跳动的地方，凝止。于是我满脑子抽烟的欲望，满屋是烟香。程晓红坚决不许。我看着手中的烟，一具细长的白色躯体，它等待燃烧，等待我的嘴唇，将它吞吞吐吐地消灭。就差一个环节：turn on。但打火机在程晓红的手中握着。我压抑着不抽。玩弄着它。玩弄着我的欲望。我手中似乎握着屠刀，切割欲望的屠刀。难受着，几乎也是快感地享受着，这种近距离的不能拥有。当然，我可以不顾一切地去夺回程晓红手中的打火机，或者找服务员索要一个，也可以让服务员替我 turn on，只为过一把烟瘾。

程晓红又抢过我手中的烟，替自己点上，几乎是挑衅地抽吸。我终于挠心地痒。靠，程晓红，你存心要折磨死我吧，你不让我抽，好心你就别在我面前抽！你这是把人绑了手脚，却逼她看顶级片，连手淫的权力都剥夺了！丁燕，我看你成天想法怪异，大抵是这烟熏出来的，你真的不能再抽了，你像个大麻鬼。我不行了，我得上洗手间。我掐着脖子离开。我在洗手间洗把冷水脸。抬起头，镜子里一个秃子，脸刀削过一样尖细，脖子比鸭颈还长，黑衣服像挂在软塌塌的衣架上，两个黑洞般的眼睛茫然地看着我，心被重重地撞击了一下，我想尖叫，就像 turn on 时眼前出现了一团火。可是镜子霎时清晰了，一切是我抬头产生晕眩所致。

你的铁板烧来了，好香。铁板烧呲呲地烧，不断地溅冒滚烫的水珠，我扯起小餐巾挡着。程晓红喝着柠檬水，翻着眼睛看我。这是个漂亮姑娘，我喜欢，因而我迁就她。我们很久没一起吃饭了吧。我说。你陪张旭，我陪王东，重心发生了转移，有什么办法呢？程晓红似乎很怀念我们一起泡吧蹦迪的日子。一个人产生怀念，想必是对当前生活有所腻倦。程晓红你怎么样，王东怎么样？你们怎么样？我其实完全可以综合性地问你们怎么样，但我总认为程晓红、王东、他们俩，是三个独立的个体，有不同的本质特性，我不想笼统地问。我们要结婚了。程晓红一句话回答我三个问题。祝贺啊，怎么没有新嫁娘的兴奋？我不想结，我不知道结不结。你不知道啊？我更不知道呢！我的意思是说程晓红拿不定主意，一个旁观者更不知道了。昨天我们还吵架，他动手打人，打完又道歉。程晓红噘着嘴。你怕煤气灶吗？我突兀地问。这跟结婚什么关系。程晓红莫名其妙。有关系啊，你不下厨么？我不会做饭啊，一直都是王东做，我洗碗。啊？！煤气灶跟结婚还是有关系，只不过跟你程晓红没关系啊！丁燕你又胡乱怪想了，这是个问题么？程晓红又揪我的辫子。我不再说话，因为这是个严重的问题。

我吃着黄鳝铁板烧，给自己出了一个命题作文：《假如张旭爱做饭》。然后往下想，假如张旭爱做饭，丁燕爱张旭；假如张旭会做饭，丁燕疼张旭；假如张旭爱做饭，丁燕与张旭幸福快乐。

说好去蹦迪，往日的激情似乎都让男人折腾完了。那时候一个晚上可以泡两三个吧，然后再去蹦迪。像根据地、本色、简约、0755这些酒吧，闭着眼睛都能摸过去。在酒吧里我们故意用眼神勾引带着女孩子的男人，搞得男人心不在焉，女孩子翻脸离去，我们就碰杯哈哈大笑。酒吧洋酒瓶上挂着我们的名字，我们不定期地去喝，我们把酒量练得很大，半醉着开车，跟交警调笑。在我们的词典里没有turn on这个词，我们不受任何约束。我们嘲弄过把自己绑在男人身上，或把男人系在自己裤腰上的人。现在呢？男人把绳索套进了我们的脖子。

说好去蹦迪，往日的激情似乎都让男人折腾完了。程晓红想去不想去的，说王东在家等她，我也忽然惦念着张旭，有些懊悔电话里的粗鲁。我想拥抱张旭，如果我今天伤害了他，我愿意用turn on来惩罚自己。于是吃完饭，我和程晓红就撤了，回到各自的男人身边。

张旭，对不起，我脾气很坏。我想进门就扑到张旭怀里对他说这番话。我体内升起热恋的温度，假寐的感觉重新苏醒。我想张旭会揪着我的鼻子，疼爱地骂一句小傻瓜。我陶醉在自己设计的场景里。遗憾的是，门铃响，没人来开。电视机前的张旭陶醉在甲A赛事里，口哨与呐喊的声音很大，所有的场景立即打乱。我按门铃你怎么不开门？我气咻咻地延续了电话里的脾气，我对自己感到吃惊，可是我就这么说了。丁燕我真的没听到，你看，这么闹呢。张旭站起来，牵着我的手，走进厨房。我都准备好了，我要是会炒，你现在就可以坐着吃饭了。张旭毕竟在努力，可怜的，他还饿着肚子。我心酸了一下。张旭，我说，张旭，本来和程晓红去蹦迪，忽然就想你了。我眼泪流下来，张旭就把我抱紧了，替我抹去眼泪，取下炒锅放上煤气灶，说，来，哥哥帮你turn on。不！我来！我勇敢地对张旭说。就像我喊着要为张旭下厨，义无反顾的样子。那晚上我还是要帮你turn on，我们要turn on。张旭凑近我的脸。Turn on，这个令我极度恐惧的动作，被张旭制造成一个温馨的词：做爱。我看着张旭右侧的鬓角，有羽毛轻颤拂过我身体的隐蔽处。

我的手伸向turn on。

我微笑着操作了turn on。

我与张旭像荷叶里的两滴水珠，滚动了几圈，又融合了，享受并反射太阳的光芒，与太阳也融为一体。我时常看到我与张旭在那面炒锅里，我用铲子捣腾，搅拌、闷蒸、爆炒。事实上我把握不住咸淡，掌握不好火候，或者有的煮烂了，有的还夹生，我习惯在所有的东西里都添上辣椒作调料，于是掩盖了菜肴的本质与真味。虽然我的心愿是弄好些，可口些，让张旭发自肺腑的赞叹与喜爱。对于我的烹饪技术，他一直像时下的小说评论家一样，含含糊糊故作条理，轻轻棒打不忘鼓励，然后把期望与信任的大帽往我头上一扣，我便戴上了紧箍咒。念咒语的是哪路神仙？是爱情。爱情咒语令我头痛，头痛我还不能甩膀子罢工，我还得积极表现，与人为善，像孙猴子那样发誓，从咒语里获取幸福。

程晓红与王东结婚，使所有人大跌眼镜。就好像一盘菜，本来只是品一品，尝尝新鲜，却忽然间一扫而光了。谁能断定，到底是吃的人饥饿了，还是菜的味道实在鲜美？王东三十一岁，家里的独苗，早该结婚了，父母时常催逼，差点没把王东逼得从二楼跳下去。程晓红呢？美丽的晓红在本市开过个人钢琴演奏会，算个搞艺术的，搞艺术的跟捉贼的警察结婚，像不像木瓜炖鱼翅？木瓜用鲜红的瓤铺成温馨的家，盛装柔软纤细白嫩的鱼翅，散发的木瓜香味混揉进鱼翅味里，完成两种物体的交融，只是木瓜始终是木瓜，鱼翅究竟是鱼翅，木瓜不与鱼翅搭配，就上不了宴席的桌面。王东即便不张扬他的成就感，他也掩饰不了喜悦与骄傲。王东打人，我想那只是艺术与现实的冲突，是木瓜与鱼翅两种不能真正相融的物质特性之间存在的必然矛盾。王东是爱程晓红的，为什么？他为程晓红下厨啊！就像我爱张旭，忍受那幻觉的折磨一样。不要问程晓红爱王东么，张旭爱我么，因为，程晓红和张旭不懂做饭！

请柬的浓香使我与张旭产生片刻的昏眩。搞清楚先生张旭就是丁燕的先生张旭后，我与张旭开始情侣装设计。我们有时候需要别人来下定义，我们很想知道我们是别人眼中的什么。程晓红的婚礼安排在五四青年节，在小梅沙度假村举行，夜晚入住小梅沙大酒店，请了牧师与唱诗班，仿照西方婚礼仪式进行，有些别出心裁。小梅沙在海滩上，因此除晚礼服外，我们还得准备游泳衣和休闲便装，当然宴会上的礼服是主要的，因为我作为程晓红的死党，要和先生张旭上台致辞。脱下职业装，套上晚礼服，我要在程晓红的婚礼上风光一把，确切地说，我需要张旭替我争一回面子，我知道台下肯定有一双目光，那目光与我有过短暂的交媾，后来弃我而去，在美国混了两年，重新回了程晓红的艺术学校。我喜欢跟老师搞对象，我没法解释这种嗜好。

浅绿色的无袖旗袍我爱不释手，白色低领晚装我不愿舍弃，左挑右挑，前照后照，我终于绝望了，没有一件衣服适合我，或者说我不适合任何一件衣服，即便是加小码的衣服套在身上，也像树干挑刺着一样晃荡。面对一桌盛宴，饥饿得无力拿起筷子，这滋味真不是滋味。镜子里的张旭坐着不动，开始还说这件可以，那件不行，这会儿一个字也不说，屁股粘在凳子上，像与我较劲。最后一丁点兴致像炒锅里的香味，被抽油烟机抽得一干二净，我的心里涌起一股无名火，我憋着，只觉得委屈和难受。我本来是个衣服架子，随便套什么衣服，都能穿得生动起来，有许多简直是度身定做的，腰很掐摆很媚，肩不宽不窄，袖子不长不短，可现在，我这具骷髅躯体，都被什么东西吸干了水分？

走，不买了！我狠狠地瞪张旭一眼，他望着门外行色匆匆的脚步，我只看到右侧的鬓角。不再挑挑？张旭敷衍。他其实早烦了。还能穿什么，树棍撑着也比挂我身上强。丁燕，原来哪件衣服你不能穿啊，你怎么瘦成这样？你才发现我瘦了？张旭先生，都是你搞的！啊？这你也怪我？太不讲道理了！我们走着吵着，声音不大，也很平静，像聊天，蹦一句，沉默一阵，沉默一阵，又蹦出更尖刻的一句。到家时，我们彼此都使用了最恶毒的话，攻击了对方最软弱的部位，我们发现原来我们这么丑陋地活着，这么卑鄙地相处，我们彼此毫不留情，似乎从不曾爱恋。一切就好像象征性地出席了一次很有排场的盛宴，浅尝了各式佳肴，我们并没吃饱，所有的宴席只是排场，在酒和空话大话套话的喧嚣中，我们根本不能填饱肚子，一切结束，才发现我们仍是饥饿。

我们开始上纲上线，事情就闹大了。原本只是咸淡问题的一道菜，被我们在锅里炒得焦煳煳的一团，于是我们谁也不伸筷子，让问题像这团黑煳煳的菜去自己反省。

参不参加程晓红的婚礼，吵架后我就开始考虑。现在这样的精神面貌，与喜庆的氛围不相融洽，喜庆氛围也会让我感觉压抑。我费九牛二虎之力才把程晓红约出来，她为结婚的琐事忙得不亦乐乎。程晓红，你把我的祝辞环节取消，我现在就祝你们白头到老，永不厌倦。我对程晓红说。你怎么啦？那多没劲啊，先生张旭呢？程晓红憔悴了一点，但仍是兴致勃勃地准备度过人生的这个重要环节。甭提，跟张旭先生崩了！崩了？！你崩他？他崩你？他敢！程晓红握起小拳头。晓红，谁也没崩谁，但都被谁崩了！我苦笑，摇晃着轻飘飘的头颅，那谁是谁呢？我想不清楚，就像我搞不清楚张旭到底是先生张旭还是张旭先生。比如说吧，同样的原料，为什么有的人就能烹出美味，有的人只能和成一堆稀泥，和成稀泥的人，怎么知道哪个环节错了？也许并没错，只不过一个好的厨师有手感、灵感，也有灵性与悟性，并有创新和开拓精神。我习惯性地舞动手指。我想抽烟。丁燕，这不是你，你不是这样的，你一直是我的精神支柱，我跟王东崩来崩去，却崩成了夫妻，我现在有点相信，缘是如来佛的掌心，我们这些猴子是跳不出来的。宿命！我简短有力地说了这两个字，而我的心里忽然凄楚不堪，我承认我开始羡慕程晓红这种认命的幸福。我们不可能总吃精致的西餐，铺张的盛宴，家常饭菜才是永恒的主题。那么爱情的美满结局，无疑就是家常饭菜。

眼皮底下伸过来一具白色躯体。给你。程晓红递给我一支烟。我用左手食指与中指夹着，右手握着打火机，拇指搁在按钮上，并不急于点燃，我忽然想在消火这支烟前好好想一想，第一，我是否可以不 turn on；第二，我是否确实来了烟瘾；第三，我抽了这支烟是否得到满足；第四，我不抽这支烟，烟是否失落。

丁燕，你别胡思乱想了，张旭哥是个很好的男人。我扑哧笑了，程晓红，你看对面那人，吃的什么？那东西我筷子都不沾，那人却像狗一样咂吧有声。我拿起餐牌，指着一份名字很雅、颜色制作很漂亮的套餐图对程晓红说，你看这个，色香味俱全似的，挺馋人吧？可我试过，吃起来并不是那么回事。程晓红就不说话了，沉沉地低着头，再抬头时眼里就闪着泪花。丁燕，到底为什么要结婚呢？我真的害怕，我和王东都觉得是在让老人安心，让老人高兴，我们结不结好像都无所谓了，可是，好像只有婚姻才能给这段同居生活一个交待！晓红，我常常在厨房努力炒好菜，可是摆好桌子，拿起筷子，我一点食欲都没有，被厨房的油烟熏饱了。

我按下了打火机按钮，小小火焰细腰摇摆，渐渐地靠近白色烟头，我深吸一口，燃烧的黑圈沿着烟的躯体迅速往上爬行，焚烧成一厘米长的黑灰。我吐出一口烟才发现我忘了回答自己的问题。我总这样，或者人都容易犯这样的错误，一波未平，又卷入另一波当中，越卷越身不由己。我相信程晓红听懂了我的每一句话。可是听懂了又怎么样呢？她仍是迷惘的，我仍是困惑的。我还是一具骷髅顶着一副臭皮囊。

张旭先生，你是否愿意与丁燕小姐同赴程晓红小姐与王东先生的婚礼。

我愿意。

张旭先生，你是否愿意以丁燕先生张旭的身份出席程晓红小姐与王东先生的婚礼。

我愿意。

张旭先生，你发誓，你与丁燕小姐在出席程晓红小姐与王东先生的婚礼中不使她难堪。

我发誓。

张旭先生，你发誓，你与丁燕小姐在出席程晓红小姐与王东先生的婚礼中，会一直像情侣一样关照她，无论她生气、快乐、疾病、健康。

我发誓。

阿门！先生张旭，现在你可以与丁燕一起 turn on。

2002年3月2日

弥留之际

发生两件事情之后，我才知道我得了病。

上个月十三号，我与副院长在办公室聊业务，意思上有分歧，但这也不至于动粗。那时阳光从窗户斜插进来，尘灰在光柱中飘游，仿佛射灯下聚了很多蚊子。我和副院长站在这道光柱边，和我们的意见一样分割两立。我暗地里瞧不起他，正如他明摆着不把我放在眼里。但这也不至于动粗。何况都是文化人，摇笔杆子的，耍书面语的，擅长私底下勾心斗角，公报私怨，一般认为肺里呼出的都是雅量。副院长是一个平庸的匠人，坐上这等职位，靠的是在上司面前无节制的自贬奴态，以及对下属的专横霸道。我比他大一个月，却低他三个行政等级，上面没人，周围没有势力，他捏准我这软柿子了。我一直忍着，期待他捏心烦了，没意思了，去改捏别的柿子。在获得提拔前，我不想与任何人发生冲突，提拔事宜即将进入民意测评,更得守好晚节。大家都懂得这套虚伪的把戏,什么民意调查、民主投票、领导班子研究,大底都要倒进黑箱子一通烩炒。

副院长说:"你这笔经费,只有处级干部才可以申请。"类似的话我听过多次,大多谦卑称是,不做勉强,这回却伸出手,在副院长脸上连掴了两下。我自己比副院长更惊骇,站在那道光柱中,瞬间看不清周围一切,以至于副院长扇回两巴掌,像空穴来风,我根本不知道他在哪里。

我静静地看了一会儿尘埃飞舞,顺着阳光望向窗外,千万道光线细如发丝,一把扎进我的眼里,我瞥见血红和苍白。

最终,我察觉我内心有种隐隐的愉悦,我早就想这么干了。

半小时后,我参加了一场紧急会议。踏进会议室门,各色眼神像千万道光柱,齐齐猛扎我的胸膛。我躬腰在预留的边角位置坐好,一种过于庄严的审判气氛使我不敢抬起眼皮。会议桌光溜如镜,我通过桌面倒影观察他们的脸。此时我已回过神来,我敢保证,伸出巴掌打副院长,绝不是我的本意。当我这么说时,他们同时扯动了脸部肌肉,但憋着没有笑出来。

"那你讲讲,是谁在操控你的手?"有人问到点子上。

"苍蝇,是苍蝇,"我说,"我看见两只苍蝇趴在副院长脸上。"

"现场绝对没有苍蝇,"副院长保持优雅,"我在那办公室待了五年，从来没有过一只苍蝇，连蚊子也没有。"

"有，我的确看见了，"我诚恳地说，"共事这么多年，你们知道，我不是个撒谎的人。"

办公室主任低声吩咐小职员去现场找苍蝇。她抓住了关键。我向她投去感激的一瞥。她姓邱，是一个体态轻盈的中年女人，机警麻利，善于从一堆乱麻中掐准线头，身上有一股出奇的冷静。她严谨守时，从没错过班机，没误过火车，约人谈事也会比预定的时间先到。我瞬间有些内疚，我本该对她热情一些，比如在小卖铺买矿泉水的时候，替她付那一块五毛钱。

切断邱主任这条线，思路回到苍蝇的问题，如果证据飞走，对我是极大的不利，故意扇上级巴掌，跳进黄河也洗不清。我暗自祈祷证据还在，它们趴在墙上那幅光屁股的画上，或者落在副院长那只满是黑垢的茶杯边沿。

"刘一心，无论如何是你不对，就算真有苍蝇，你的职责只是提醒副院长，要打，也是他自己来打。"某领导语重心长。

"本能反应，我控制不住，小时候打惯了苍蝇，形成了条件反射。"我实话实说。"我们那儿管苍蝇叫饭蚊子，茅房的苍蝇叫绿头蝇，我没打过绿头蝇，绿头蝇太恶心了，尤其是它落在你皮肤上，一想到它那些细腿儿在屎橛子上停留过，你根本想不到要拍死它，弄得尸体酱糊糊的。当然绿头苍蝇很少飞出来，它们离了茅坑活不了多久……"

"刘老师，话题不要说得太开，讲重点。"邱主任非常柔软地打断我。"事实上，没有哪一种苍蝇是可爱的，它们传播细菌，还嗡嗡地叫，有一次弄得我女儿午觉都没睡好。"

"是的，邱主任，所以我见到苍蝇就打，完全容不得它们在眼前飞，有时会花一个上午追打一只苍蝇，不打死它，我什么活也干不了。"我很高兴遇到知音，忘了眼前处境，愉快地和邱主任聊了起来。我明白邱主任的用意，这样的聊天是一种旁证，是对我有利的辩护。间接证据多少获得了一些理解，因为其他人的脸色比先前缓和了，只有副院长还保持他近乎强硬的优雅。副院长的心胸有多宽，我知道，以后的日子有我受的了。

小职员汇报，没有找到苍蝇，但发现有干枯的苍蝇尸体。

我心里一下轻松了，至少证明事情并不像副院长说的那样，他办公室从来没见过苍蝇，他的诚实度大打折扣，他所有的表达都将镀上怀疑，形势于我略微有利。

"刘一心，现在的问题，不是我办公室里有没有苍蝇，而是你借苍蝇之名打人。"

"副院长，我那是打苍蝇，你倒是结结实实地扇了两巴掌，我脸上现在还火辣辣的。"我适时搬出另一个事实，给自己再挤出一点空间。

其他人听说副院长还了手，都不吭声了，说些和事话，叫我跟副院长道歉，毕竟我先动手。他们总是这样，一到要追究领导干部责任，就草草了事，还装出一副关心群众的样子。

不出意料，我的提拔，连民意测评都没通过。我没见过那些无记名投票，除了怀疑，别无他法。但我有更重大的疑问，我确实看见两只苍蝇停在副院长脸上，那是怎么回事？

第二件事与我女朋友有关。

我离婚后一直单身，去年八月的某天黄昏，我在小区遛狗，一个熟透了的姑娘走过来和狗打招呼，摸着它的头，说"你叫什么名字呀"。我替狗回答，叫"奥巴马"。熟透了的姑娘笑了，站起来问为什么叫"奥巴马"，我说因为它是黑的。熟透了的姑娘笑得更厉害，暮色昏暝中她的牙齿雪白整齐，其他我没看清。她正要和我说什么，不懂事的"奥巴马"突然抱住她的左腿猥亵起来。我尴尬万分，喝斥它，它不理，我只好亲自把它从她腿上扒下来。

熟透了的姑娘匆匆走了。我在树底下教训"奥巴马"，都说什么人养什么狗，那熟透了的姑娘一定会认为我是猥琐之徒，我心里叫屈，这畜生今天太失态了。

第二天同一时间，我又在小区里碰到了她，她带了一根骨头在等着，显然并不介意"奥巴马"的粗俗。事实上她养过狗，爱狗懂狗。我和"奥巴马"都很高兴。不久，这个熟透了的姑娘就搬过来与我们同住，她叫江晚霞。

江晚霞住过来，我很久都不适应，有时半夜醒来，突然发现身边有个活物，就会吓一大跳，直到意识到这是自己的女人，才不至于淌下虚汗。说不出对她有什么不满，她也没有令人难忍的缺点，相反挺不错，把我和"奥巴马"都照顾得舒适安逸，心想着从一而终长相守。只是她的牙齿根本不像我当初感觉的那样雪白齐整，它们像米粒，稀稀拉拉的粘在牙床上。据她自己说，前两年洗牙遇到庸医，连牙根都洗坏了，牙齿正在逐渐脱落，用不了多久，她就要去植牙，她想要全副烤瓷的。除此之外，她的背略有些弓，脸色不太好，子宫常常脱落，吃辣就犯痔疮，一生气就撕衣服。谢天谢地，她从不砸东西，撕的也是些不穿的旧衣服，她的美德在于理智清醒，任何时候都不会损伤家庭财产。这恰恰是我最重视的妇德。如今我对妇德的重视盖过她的美貌、金钱、名利、地位，这也是我能和江晚霞同居一室的重要原因。

在我前妻嘴里，我是一个秃头、弱智、无勇无谋无才无能的悭吝鬼。不知道江晚霞对我的评价，她叫我刘一心，像革命夫妻，严肃，里头含着不容置疑的未来。她倒是真有些革命者的倔强，不胡来，凡事讲道理，道理在哪边，另一边就得认错。她还在家里挂块小黑板，有时写些注意事项，有时写些协议条款，遇重要的事情要悬置十天半月，给人"杀一儆百"的感觉。

也就是在我扇副院长之后的周末，江晚霞给"奥巴马"洗完澡，给它吹弄毛发，嘴里嘟嘟囔囔。我接了个茬，你一句我一句，两人抬起了杠。开始还有些打情骂俏耍幽默，慢慢动了真格的。江晚霞扔下电吹风，面对我站着，两眼含泪，正要继续喷吐她肚里的存货，我伸手捆了她一巴掌，紧跟着又捆了一掌，捆完还盯着她的脸看。江晚霞死鱼似的张着嘴，眼白放大，我以为她会昏厥过去，她却像炸开的马蜂窝，黑压压一大群马蜂嗡嗡地撞向我，要与我同归于尽。

"你敢打我，刘一心，你良心让狗吃了，你这个秃头、弱智、无勇无谋无才无能的悭吝鬼，你敢打我……"

"慢着，江晚霞，你说什么？你再说一遍？"我拧着她的脸，她的表现和前妻一模一样，我要试着揭掉她的化装面具。

江晚霞突然冷静下来。"很没意思，刘一心，你不必作践我，我服输，好了，我感觉筋疲力尽。好合好散吧。"

像江晚霞这么爽利的女人恐怕不多。我以为她会来个饿虎扑羊，像前妻那样。与我发生亲密接触的女人极少，我不敢说只有前妻，这样你们会瞧不起我，事实上我对女人的全部了解，都是来自那个女人，现在我长了新见识，江晚霞的磊落英姿让我五体投地，我对她突生敬意，敬意慢慢消融，变成一股男女之间的怜悯温情，我感到她正展现出前所未有的性感，她的背影像唐代仕女一样圆润丰盈，我的温情沿着冰冷的轨道缓缓滑向肉欲。

"晚霞，好了，和解吧，我真的不是打你，只是看见你的脸上有两只苍蝇，你知道我不能忍受这些东西。"我说。捆人之后，我内心有种隐隐的愉悦。

"家里没有苍蝇,更不可能出现两只。有没有苍蝇趴我脸上,皮肤比眼睛更清楚。"笑容一旦从江晚霞脸上消失,她那张脸就像冬天光秃秃的山,苍茫,不着一物。"编任何谎言都不如说句实话有用。当然,任何人扇我的脸,我都不会原谅。"她锁死了活口,并且转身去收拾她的衣物。

我抱起"奥巴马"跟在她后面。"别闹了,晚霞,我知道你舍不得'奥巴马'。它也舍不得你哩。"

"我不会原谅掴我的人。十八岁我父亲掴了我一巴掌,我至今没喊过他一声爸。"

"我不是说了嘛,我真的是打苍蝇,两只,没打中,全飞了。"不知道怎么才能让江晚霞相信,我只好说出扇副院长巴掌那件事,隐瞒了不能提拔的事实。

江晚霞停止收拾东西,脸上回了些暖色。"这么说来,真的是你眼睛有毛病了?"

我希望眼睛没毛病,江晚霞也不要走。这是一对矛盾。

"要不先去医院看看?"江晚霞那么迫切的样子,暴露了她的动机,她要抓证据呢。

我含糊地点头,显得特别庄重。

感谢肥肉外溢的女医生,她情绪稳定,没有因更年期症状给我造成额外的麻烦,事实上整个过程她很有耐心,表现良好的职业道德,墙上挂着她的照片,她是全院模范标兵,我深感幸运。她说我的眼睛得了"飞蚊症",飞蚊是不透明物体投影在视网膜上产生的。她很了不起,描述的跟我看到的完全一致,仿佛亲历了一般,又说此病是肝肾亏损所致,要补益肝肾,服用明目地黄丸、驻景丸、八珍汤、芎归补血汤,等等。看着她在病历上记录,运笔优雅,我犹豫片刻,鼓起勇气纠正她,我说我看到的是苍蝇,是两只,不多,不少,不是一群蚊子。

"总是两只?"模范标兵一身的肥肉都充满狐疑,"为什么总是两只?"

最后那个哲学问题,她问的自己,却把我带入思考当中。是啊,为什么总是两只?我望向江晚霞,她自诊断结果一出,瞬间轻松了,好像一只气球,要不是我拽着线头,早浮上天了。她对我报以愉快的微笑,并不觉得这是个问题,一只两只和一群没什么区别,因为一只两只和一群的药方是一样的,又不是气枪打鸟,一粒子弹只能打掉一只。她说得很有道理,我略感安慰,而模范标兵仍结眉暗忖,并且拨了一个电话,大约是向她曾经的导师请教:"为什么总是两只?"她倾听了一会儿,谦卑地问。

模范标兵放下电话对我说:"应该是两只眼睛各有一只。苍蝇的位置是固定的,还是胡乱飞舞?"

"固定的。就是趴在那儿。"我回答,并且捂住了一只眼睛。

"不要紧，良性。"肥肉外溢的女医生说这话时温柔可爱，仿佛从导师那儿获得能量，全身都亮起来。

这时，我清楚地看见她白胖的圆脸上停着两只苍蝇，正要挥手打过去，江晚霞及时捉住了我，她早就像条警惕的猎犬守在身边。

"不对啊，我捂住一边眼睛，为什么还是有两只苍蝇？"我六神无主。

"是吗？先吃药看看。"模范标兵已经不在意两只三只，对她来说，这个问题已经解决了。

各种中药西药胶囊瓶罐使家里显得更为拥挤，外人进门一眼就知道这家有人病了，地黄丸之类的东西显示病人肾虚。我把药统统塞进柜子里，给隐私加道防护。江晚霞后来又挨过我几掴，她均未计较，这个女人的伟大之处在于，只要不是蒙在鼓里，她能忍受一切光明正大的打击。她履行起护士的义务，每天问我吃药了吗？我老老实实点头。后来发生了另一件事情，我不再吃药，但把每天的分量带走，扔进楼下垃圾桶。

那天上班，我等了很久的公交车，这趟车总是比别的车慢，车身座位都积了一层黑垢。售票员嘴里含着萝卜似的，说着语速极快的北京土话，只拿眼睛末梢扫人。我被她呛过几次。车满载喘着粗气来了，我上去后站在驾驶员附近，车票钱由乘客传递给售票员。

我说今天这车也太慢了，我等了快半个钟头。我用的是普通的陈述句，没有任何追究责任的意思，也没有特定的诉说对象。不料驾驶员突然接了话茬，语气暴躁，简直是吼了起来，"我也想快，这路况，快得了吗？今天要不是我抄个小路，这车还堵在三元桥，你还得等，妈勒个逼的。"

起先我觉得驾驶员是在骂北京的交通，可他油腻的脸对着我，应该是骂我了。这样辱骂，我若不回击，旁观者岂不是要笑我怂？

"你骂谁？你是骂我吗？"我问，我感觉自己像是棍子杵起一件长衣服。

驾驶员狐疑地看着我，表情要喷饭，眼神在说"你这个二逼"。

"怎么着，就骂你了，怎么着？"他很不耐烦。

"我要投诉你。"我憋出这么一句。车里人哄地笑了。

路灯变红，驾驶员踩了一脚刹车，阳光正好从建筑的空隙里投射过来，他和他的方向盘浸泡在耀眼的亮光中。这时，我看见两只苍蝇落在他的侧脸，我迅速出手扇过去，连掴两下。因为角度问题，后一下只掴到驾驶员的耳朵。车内哗然。驾驶员仿佛在倾听耳朵被扇之后的嗡嗡声，又或者在积蓄回击的力量，手臂的肌肉已经在突突地蹦跳。我想退后，但看热闹的倒把我往前搡了半步。我死死地盯着他，假装毫不畏惧。

"贾师傅，快开车，一车人等着上班呢，别把事情搞大了，

091

影响你的工作岗位。"售票员在中厢大喊。

后面的车按喇叭催促。驾驶员咬着牙关开动巴士。我赶紧在下一站溜之大吉。

我心里有种隐隐的愉悦。

自从出现两只苍蝇,我心里比任何时候都要舒畅,吃药等于给自己添堵。没有任何理由继续吃药。院里的人知道我得了眼疾,对我的同情心骤然上升,事态新转机,重新讨论我的提拔,民意测评几乎全票通过,两个月后我的行政级别和工资都加了一级。让苍蝇飞。自此对眼疾倍加珍爱。只是大家都不敢过于接近我,距离保持一臂长以外。我喜欢这种距离,含蓄节制,显得很恭敬。副院长也没有明目张胆地整我,欺负一个病人,终究是授人以柄。大家对我过于友善,使我感觉自己仿如弥留之际。这倒无所谓。

不幸的是,江晚霞发现了我扔掉的药物,因为"奥巴马"撞倒了垃圾桶,垃圾散了一地。她持续关注垃圾桶,发现了我的勾当。江晚霞质问我为什么不吃药,不吃药是否就是为了保持扇她的权利。她一下子戳穿了我朦胧的潜意识,我突然发现,的确,就是这么回事。

不能承认。我说:"你别胡思乱想,地黄丸不补肾,恰恰相反,它是伤肾的,我好端端的,吃出个什么别的毛病来,得不偿失。医生也说了,飞蚊症是小毛病,对生活没影响。"

"你根本就不爱我,你只是想有人照顾你和狗。"江晚霞总是这么尖锐。

"你越讲越离谱了,没有你的时候,我和'奥巴马'不是过得好好的吗?"我一时想不出甜言蜜语糊住她的清醒意识。

"刘一心,你他妈的总是弄完倒头就睡,事前事后,你有好好看过我吗?"江晚霞开始翻箱底,算总账。

"你不是怕我打苍蝇,叫我别近距离看你吗?"我心想你有没什么可看的。

"发现苍蝇之前,你也没有过,"江晚霞说道,"我以为两个人在一起,感情会慢慢加深,你会对我好一点,爱我多一些。"

我努力回忆了一下。的确,是那么回事。可他妈的我也尽力了啊。

江晚霞到底走了。我想过用各种浪漫的手法使她回心转意,比如玫瑰花,戒指,安排在教堂的婚礼,以及做她最重视的事情——近距离看她的身体,但她不留余地,原工作辞了,手机号码换了,人间蒸发了。"奥巴马"每天等她,嗓子里哼哼唧唧,用乞求的目光瞟我。我和"奥巴马"几次彻夜长谈,最终对等待感到绝望与厌倦。我们就近去北戴河玩了两天,"奥巴马"第一次见到海,很兴奋,回去终于把江晚霞忘了。

家里迅速凌乱,自己进门都感到陌生,不用鼻子都能闻到屋子里一股臭袜子以及荷尔蒙体液的味道，充满中年男人的沮丧、晦暗与自暴自弃。

我把桌子挪到靠近厨房的窗边，吃饭时候顺便看看对面阳台的粉红丁字裤。我无意识地把丁字裤画在纸上，后来让江晚霞穿着它，再后来撕掉衣物，只画江晚霞的身体。她的身体疙疙瘩瘩，腿短腰长，后背罗锅的弧度优美，小腹上那道长疤，是她身体最粉嫩的部分。她得过阑尾炎。怀过孕，被那男的甩了，流产后得了一种怪病——绒毛癌，治了两年，药物杀死了病菌，也杀死了她乐观的青春。

遇到我的时候，她刚刚失去一条陪伴了八年的狗。

有时候我画得热泪盈眶。我的确应该对她更好一些，在她生日的时候买一百朵玫瑰，而不是一盒打折的午餐肉；周末带她去奥体公园散步，而不是在家里搞卫生；在床上抚摸她身上的疤痕，而不是懒得揭去她的衣服。天知道她的内心被我砸了一个多大的坑。我怀着无比的眷念画她的身体，她身上的疤痕，以及她算得上丑陋的面孔。我在画中放大了她身上的丑陋，这于我来说，是大美，我爱这些，它们在我的回忆里格外温暖。

我画上瘾了。我尝试各式各样的宣纸，棉料、净皮、单宣、夹宣。她躺在不同纸质上，肤色或红或白，或黑或黄，表情是北方的山，苍茫，不着一物。我有空就画，常常忘了遛狗，根本没有时间打理它，正琢磨着送出去，它就死了。

那天黄昏我们在街上溜达,"奥巴马"突然向马路对面冲去,我看见江晚霞在站牌底下等车。也就是几秒钟的时间,车轮从狗身上碾过。公交车正好到站,江晚霞随车消失,不知她是否看见了我们。

我不停地画。画了就裱,家里挂满了江晚霞的身体。我的眼睛越来越不舒服,画一阵就视线模糊,两只苍蝇裂变成一群飞蚊飞来飞去。我滴上眼药水,闭目休息片刻继续画。院里组织新疆采风,我对到此一游索无兴趣,不如画江晚霞更有意思。江晚霞的身体相当柔韧,能变出各种姿势,趴着脚尖触到额头,躬身脑袋从胯下伸到另一侧,她还能倒立,能一口气做一百个俯卧撑……和她在一起我很省劲,无论哪一方面。

我像缅怀一个死人一样怀念她。

我后来才知道,江晚霞的确死了,早在我在站牌下看见她之前就死了。尸体被发现时,已经有了臭味。在一栋板楼的最上面那层。那栋破败的建筑,总共没住几个人,路面坑洼总积着脏水。青藤几乎封住了窗,潮湿的外墙长出厚厚的青苔。

法医鉴定江晚霞犯病虚弱而死。我知道不是,她死于心碎。我了解她。

苍蝇裂变成蚊子之后,我没再扇过别人,隐隐的愉悦从体内消失,蚊子在眼前飞。

单位人知道我在画画，画一个女人，一具丑陋的身体，窃窃私语，觉得我不仅仅是眼睛有问题，他们对我更为友善。副院长尤其仁慈，总找我去他办公室喝茶，聊艺术，说我画得与众不同，很有意思，要给我特批经费办画展，出画册。副院长的艺术鉴赏力突然提高，令人惊讶。我同意他的评价，不想开画展。我的画，是我和江晚霞的私事，不需要外界掺和。

我说过，他们的善意让我感觉自己仿佛弥留之际，副院长似乎怕我把埋怨带到棺材里，变成死鬼记恨他，执意要弥补从前的苛刻。他又提到苍蝇的问题，事实他已经是半个飞蚊症专家，给我推荐了他的发小，现在是位著名的眼科大夫，叫我随时去找他。

诸如此类，令人浑身不适。

我继续画江晚霞。某天画得正酣，眼前突然一团黑影，跟随视线，看哪儿，它挡哪儿，抬眼望向窗外，它便涂抹在对面的粉红底裤上。有几次似乎还看到闪电，天气是晴空万里。不过这对我影响不大，黑影来时，正好趁机抽支烟，喝杯茶，看看墙上的江晚霞。

这是眼疾恶化的前兆。

事情过去很多年，画中的江晚霞和我一样，渐成白发老人，她的背弓得更加厉害。她是在我的手心老去的。描绘她身上的皱褶，松弛的肌肉，感觉它们的柔韧与温暖，我心情愉悦，光阴没有虚度。

顺便一提，给你讲这些事情的人，是个瞎子，住在一栋长满青苔的板楼里，每天画同一个女人，一具丑陋的躯体。他的技法炉火纯青，要是看他现场作画，你会发现，眼睛于他的确多余。

2013 年 6 月 16 日

白草地

1

　　二月的早晨，发生了一件蹊跷事，我的眼睛突然变得白多黑少，并且显露凶光，打个比方，当你与一条狗狭路相逢，狗便是拿这样的眼神瞄你。我盯着镜子看了片刻，只见两粒小黑豆泡在辽阔浑浊布满血丝的眼白中，毫无神采。我抿紧嘴，垂了头想着什么缘由突然变成这副被逼急咬人的样子。我脾性虽暴但擅于克制和忍耐，平时没有积怨，也没有抑郁症，我活了二十年，算不得坎坷，父母离婚时我还小，他们搞出一些乱七八糟的事情，也不至于影响我的成长。我承认我缺少天资，有各种显而易见的怪僻，但还是考上了大学，马马虎虎地念完，到异乡找到了自由，在工作与失业交替的瞬间，与一个不咸不淡的女人结了婚，她就是我的老婆蓝图。我当然知道她也曾甜酸苦辣有滋有味的，只不过到我这儿便进了不咸不淡的境界。这又何妨呢，说实话，甜腻辛辣我也受不了。她有一副难得的安静脾气，我甚至不能分辨她的满足与未满足，她总是微笑着擦拭身体，套上睡衣，呼吸平稳地进入梦乡，不忘与我手指相扣。从结婚那天起，我就感到已经与她生活了一百年。对于我这样的男人来说，她是无可挑剔的，容貌、素养，操持家务有条不紊，对我的照顾不可谓不周全。

说到她我总是忍不住要详细些，她是丰满的，脸庞圆润，是人们说的那种旺夫相，她睡前吃苹果，早起喝盐水，午间小睡，生活十分规律。她学的信息管理，在机关混着。前不久的《南方城市报》上有则意味深长的小新闻，某某局的厕所下水道堵塞，维修人员费了九牛二虎之力，通出一大堆安全套，可见机关清闲也不好过，大家都需要找点乐子。蓝图的乐子是经营淘宝网上的服装店铺，她很快赢得了五钻级别的好声誉。当然，生活中她也是个有信誉的女人，比如，遵守我的规定，不再与从前的男友联络，不和男人单独吃饭喝咖啡，等等。

至于我，在外企做了三年的 sales，每天要打七八小时的电话，憋尿，忍渴，寻寻觅觅，为得到一张订单磨破嘴皮，有时两只耳朵都被话筒堵住，下了班脑海里苍蝇嗡嗡乱飞。不过我真是生不逢时，房价一路飙升，每平方米两万五，首期要三成，少说也得三十四万，每月还贷加本金要付七八千，入不敷出。当房奴无望沦为租客，还欠着蓝图的婚戒和婚纱。黄金白银买得起，但蓝图要钻戒，多少克拉不计较，非要有一粒夜里都闪光的石子儿，如果我不想让她等，就得拿把玩具枪去抢银行。我没有时间拍婚纱，片刻都没有，我出门时蓝图没醒来，回来时她又睡着了，基本上忘了夫妻间的那点事儿。资本家不管你的死活，更不管你的性生活，新婚没假，奔丧不批，你只是他们的牲口，他们的狗，你得每天转动，每天守着电话，不管是逼良为娼，还是明争暗抢，弄到订单赚到美钞你就是骨干你就是人才，你被提拔了，公司会表现仁慈的一面，请你携家眷去国外度假。我也梦想带蓝图去欧洲去美国，盼了几年，老夫老妻了，大门没出，远门没涉，婚纱戒指蓝图也没再提过，我想是无所谓了吧。

望着占了半壁墙面的镜子，饶是我从容镇定，仍有一种从未体验过的绝望扑过来，那是怎么恐怖的眼神啊，随时要癫狂发作的。我慢慢想起昨晚的事，我请福斯公司的采购——我们通常说buyer——多丽吃饭，她的英文名是Donna，在这里我想叫她多丽。多丽带了自己珍藏的茅台，酒过三巡，她甩出一句埋藏心底的话，说我的眼睛令人柔肠寸断。她的意思我早就明白，只是佯装不知，这类暧昧的暗示我遭遇不少，尤其是四十岁上下的女人。我知道多丽还是一位诗人，在福斯公司的内部刊物上歌颂过祖国，也为爱情伤感，她对我胸口发热、母性大发，是一件平常不过的事情。不过时至今日，我与她之间的交情，已经不需她母性荡漾了。我有一次喝得胃出血，一次酒精中毒，两次住院之后，我们建立了牢稳的伙伴关系，算得上哥们。别那么不屑地看我，我也憎恶酗酒的德性，发誓戒了这祸水，但干了sales这行，也算半个公关，不沾酒色，难道学魏晋文人雅士扪虱清谈？甭说我狗嘴吐不出象牙了，就福斯公司的小姐先生，明摆着也是酒肉之徒，全是现实主义流派，八九不离礼品红包回扣的主题，连这点都看不明白，就别谈什么销售艺术了。并且还要豁出一条贱命，死乞白赖、嘴上抹蜜、当乌龟扮王八将对方衬托得尊贵体面，尽管得到的只是福斯公司从牙缝里挤出来的小订单，那真他妈的就像是一个性感美女只是远远地向你抛了一个媚眼，对于饥饿的胃部或者真诚的性欲来说都无济于事，可仍是够人上下激荡一阵子的。尤其是面对全球金融危机，经济大衰退的二〇〇八年，倒闭、裁员、治安混乱人心惶惶的现状，当你一天看了十八个小时的电脑，寻料、跟单、回邮件、写申请、填表格，满脑子数据型号，白忙一天累得像条死狗，猛然获得一个美女的媚眼——纵然她在千里之外，你就没法不感谢一条牙缝了，它代表着无穷的希望。

平时我酒性上来就想听玛雅的声音，玛雅是个五官精致的小脸娘们儿，带点重庆的香辣味，说来话长，迟些再表。眼下我必得先仔细梳理昨夜的事情。唔，茅台酒，多丽带来的，味道实在特别，虽一闻便知酒假，不过入口不错，余味香醇，显而易见，做假的人下了诚实的功夫。多丽殷勤劝酒，双目有神，我说的就是她的牙缝，我直觉她是吊着我的，她在一张一百K的大单后面放了一根长线。女人的矜持，有时是装逼，有时是千真万确，但具体到多丽，就有点含混不清了。这晚我同样不拂她的意，反正喝高了就是废人，浑身软塌。不过我醉得蹊跷，没有经过熟悉的步骤变化，我没给玛雅打电话，径直就倒了。睁眼时人在酒店客房里，多丽抓着我半解的皮带，裸着平坦的胸脯，疤痕闪亮，你可以将之看作一张闪亮的百K订货单，只消伸手深情地抚摸，手指头便能感觉到美钞上面本杰明·富兰克林凸起的五官。不幸，我被那比镁光灯还耀眼的伤疤刺痛了眼睛，脑海里一团糨糊，我流着带有谴责意味的冷汗，失魂落魄地逃了。兴许是手脚并用，半截皮带拖在地上，皮带扣与水泥地面擦出刺耳的声音。多丽某次感叹人生时曾有所暗示，我从未意识到她丢了乳房，天啦，我与她那双宝贝素未谋面，也免不了很有人情味地替某几位与之有瓜葛的男人惋惜，想到生活索要你的青春，也要你的乳房，到最后都是连人带毛打包塞进火葬场里烧窑，真是沮丧。

一半为多丽，一半为美钞，我的心软得一塌糊涂，受伤的眼睛一直淌泪，半路上踅回去时，多丽已经走了，该死的，她一定伤心坏了，不，我比她更伤心，从乔治·华盛顿到本杰明·富兰克林，所有在美元上露脸的都该为我哀哭，月底在望，我的业绩线还是一条被打晕的水蛇。我现在手中空空如也，啊多丽，无论如何，我真该在你订单般平整的胸前逗留片刻，即便是为了感谢你牙缝里源源不断的食物。我无比愧疚在路边的烧烤摊上灌起了啤酒，赎罪似的往胃里塞了一通乱七八糟的东西，脚下竹签一堆，时间是凌晨一点多。风凉飕飕的，马路上一点都不清淡，出门过夜生活的，过完夜生活回去的，走路的，开车的，打的士的，路灯睡眼惺忪，飞虫在周围飞着取暖。

嘿，可怜的小虫儿，情愿为了那一点微光与温暖累死，我回家躺下了还想着它们的伟大。后来胃里火辣辣的，拉稀九次，直拉得东方发白，两腿发虚，躺下两分钟闹钟响了，我起床洗脸刷牙刮胡子坐公交转地铁要准点到达公司，今早亚太地区的总裁从新加坡过来检查工作，还要裁减人员，压缩开支，我们的西装不管料子是毛呢的还是尼龙的，衬衣是黑是白，底裤有没有破洞，全部要西装革履业界精英的样子迎接总裁。

我满嘴牙膏泡沫，通货膨胀，就业超强寒流涌现，要是被裁掉，蓝图又把我蹬了，丧家犬的滋味可不怎么样。我把毛巾在脸上扫来扫去，吐出舌头往鼻子上方舔，你也看到了，我的动作怪异，像狗，我有点怕自己了。我哆嗦了，手指僵硬，打开电动剃须刀，一阵割草机的声音，胡子三天没推，平时乱草蓬勃的，现在满下颌全是细软的绒毛，这又是什么道理？我惊诧地瞪着自己，两眼低级动物的冷光，恐惧变成愤怒，镜子里的怪物突然向我张臂扑咬过来，我撞到冰冷的镜子跳后一步，将电动剃须刀使劲砸过去，镜子咣当垮得干干净净，一只幼小的蟑螂张皇失措。

我的老婆蓝图轻手轻脚地过来了，片刻间将镜片清理干净，轻声轻语地说改天去宜家买个带木框的，便继续煮早餐去了。咳，她也不问我为什么发脾气砸镜子，我真想叫她看看，我是否像条狗，但她没什么好奇心，这很伤脑筋。

2

打开衣柜，樟脑丸子呛得我直打喷嚏，费了一阵才找到玛雅送我的红色 Louis Vuitton 领带。喝粥时我问蓝图，你把领带洗坏了吧。蓝图说，我没洗过。我说，怎么又旧又暗，好像掉色了。蓝图说没有，它跟你从商店买回来一样新，这种 A 货高仿品，质量也不差。我低头瞅了领带一眼，体内有玛雅作怪，不好多说，便夸蓝图身上的白毛衣很衬皮肤。蓝图说她穿的是绿的。我笑着抹干净嘴巴。我们之间的对话原本都是心不在焉，受蓝图的影响，我也不太寻根问底，我换上 Pakerson 皮鞋，玛雅说这是意大利托斯卡纳区的贵族们的至爱，她用无比的热情打扮我，我只得绞尽脑汁向蓝图解释每一件物品的来源，幸好蓝图不是那种猜忌的小女人。不出意外的话，今天午间要和玛雅会面纠缠一阵。我抬上大门心头荡漾，蓝图叫住我，递上一杯盐水，说你忘了喝了。我在门槛外头喝完它一时间羞愧交加，但是没多久，玛雅便冲淡了这些。

很奇怪，地铁上的广告都使用了怀旧色彩，男男女女的衣着非黑即白，以前那种花花绿绿的景象不见了，这个世界似乎在进行一种集体悼念。我嗅着香皂、皮革、小笼包、体味以及狐臭混合的味道，突然间觉得视线像广角镜头一样辽阔。我悬在拉环上，把裁员的担忧撇开，忍不住要说说我的玛雅了。算起来这还是多丽的功劳，本来像我这行业的人，认识文化圈美女的概率实在太低，也是巧合，有回我请多丽K歌，她带来一个低胸细腰、屁股被牛仔裤裹得浑圆玲珑的小脸美女，抽烟喝酒语出惊人，我头一回知道世界上除了两腿紧夹的小家碧玉，还有这样的坦荡直白欲望张扬的姑娘存在，她坐下来望我一眼，就说我昧着良心长了一双水灵柔软的黑眼睛，其实一肚子坏水。起先我犹同被打了一闷棍，但很快就适应并喜欢上这个叫做玛雅的伶俐姑娘。她是一本女权味道很重的刊物主编，可惜我没空翻杂志，有时候想想居然有时间把蓝图骗到手都会感到惊讶。

玛雅和适量的酒一样令人神志清醒，心情愉快。我压根儿没想过玛雅会对我有意思，后来她把多丽撇下，约我到了0755酒吧，而我对蓝图谎称应酬客户，与玛雅对吹完一打德国黑啤，去了玛雅的佳兆公寓，有一瞬间我觉得自己像只免费的鸭子，但在和玛雅的互动中感受到平等与销魂。玛雅说，她也是因为我的眼睛，对我产生了强烈的哺乳冲动，疼上了我。她很诧异，在一个物欲横流的城市里，还会有这么纯净清澈柔和的眼睛，而且漆黑明亮。玛雅的几句话把我夸得心花怒放。可后来她又拍拍我的背说，我看上你，纯粹因为你是圈外人，我厌倦圈子里的乌烟瘴气。我明白玛雅的虚实，聪明的猫总是排泄完毕就用沙子掩盖秽物，这种习惯并非出于自尊，我想一定是受过同类严重的伤害。

我无法说清楚我和玛雅的关系，有一段时间，玛雅为了我打算做个两腿紧夹的小家碧玉，她说这是男人想当好男人时顶喜欢的类型，不风骚，举手投足良性十足，没脾气，性子比高贵动物的皮毛顺，比千年的水藻柔，比墙砖上的绿毛软，于是她先正视听，不看露体的电影，不听淫靡的声音，《红楼梦》只读删节版，朝《金瓶梅》唾口水，骂《肉蒲团》是垃圾，坚决不承认这些放荡的文本算得上艺术，她说服饰，谈娱乐，聊失去童贞之前的生活，但就是不谈性，更不提一夜几次，敏感地带，房中术的学问与扯淡……玛雅要做矜持、内秀、明眸皓齿的良家女，口谈正言，身行正事，也就装了那么几回就累垮了，她无法将自己劈成两半。坦白说，我喜欢真实的玛雅，没心没肺地抽烟，三杯酒下肚脸起红晕，嚷着要唱歌，"忘掉那痛苦忘掉那地方，我们一起启程去流浪"，将《张三的歌》唱成了天真童谣。我喜欢的玛雅淫而不荡，天真而不幼稚，表面柔弱，骨子里强硬，开得起玩笑，拉下脸来绝对无情无义。

玛雅是最真实的，她的生活里没有为订单装腔作势的时候。其实玛雅最大的特点在于不俗，她不会闹着你给她名分，她甚至害怕你缠上她。倒是我偶尔觉得离不开她，或许我真的是一肚子坏水，根本不是蓝图塑造出来的好男人。有一次和玛雅事毕，体内气氛有点伤感，我几乎是带着怨恨和玛雅聊到蓝图和她的淘宝店，对蓝图那种不咸不淡的作风深感不满，事后想来，我的表现就像没有吃到糖果的孩子，于是屡次遭到玛雅的嘲笑。

我提前十分钟踏进公司，男同事们和我一样个个人模狗样，其中有个sales全身里外都是Burberry，这个酷爱A货的杂种名叫Alex，顺便提一下，我们这种外资公司统一使用英文名，"武仲冬"一进公司就消失了，我成了同行业无数个Jason当中的一个，偶尔恍惚觉得自己是个可爱的金发小伙。我也不知道Alex的中文名，这个来自北京的小个儿自称吐血买了正牌，十分骄傲地迎接各种检测的摸捏。我们这拨摸惯了电子产品的手，对服装很不敏感，摸来摸去兴味索然。在弄出究竟之前，我们选择了放弃，裁员的事很快压了上来，我们提前五分钟涌进会议室，但见亚太区总裁早已恭候，白衬衫银灰领带深蓝西服，表情威慑，一望即知不同凡响。我左侧的Alex不太自信了，很不规矩地把脚从皮鞋里解放出来，异臭冲散了他身上的香水味。我踢了他一脚，低声说，那条欢迎总裁的横幅应该用红底白字，来点中国式的喜庆。

他瞪着我说，你丫色盲了？找抽吧？

Alex的话我并不在意，我说这有点像开追悼会，瞧小妞们，大老板一来，个个小家碧玉两腿紧夹。

Alex骂我南京瘪三。我说操你大爷的。我和Alex的交情就是建立于互相辱骂的基础上，平时对客户低声下气的实在压抑，这种放肆与粗痞的行为使我们的精神得到极大的放松与满足，有时在餐馆吃饭我们故意刁难服务员，抓住他们怕被投诉的心理，把他们弄得跑上跑下，面红耳赤。

Alex 和我越骂越难听，稀奇古怪不堪入耳，这里就不再记录，因为会议正式开始了。

分公司经理伪海龟 Eric 主持会议，我们对总裁的到来热烈鼓掌。会议五分钟后便进入主题，关于人事变动的通知，原部门经理将调往上海，新经理将于包括我在内的二十五位职员中诞生，近几年的综合表现与业绩是重要参考指标，会场气氛一片肃穆，我嗅到一种隐秘的亢奋，知道每个人都在心里打算盘，我这个月的业绩还差一截，不被裁员就是喜讯，于是想了想谁有被提拔的可能。

紧接着，意想不到的事情发生了，在我旁边一直大腿抽筋一样抖动的 Alex，突然被点名宣布开除。原来这个聪明的杂种竟然在澳大利亚合伙注册了电子公司，狂炒私单手脚严密，后来听说他东窗事发只因前女友的举报。Alex 被勒令当即收拾东西走人。炒私单是所有 sales 的梦想，我相信那一刻他是我们全体 sales 的偶像，并且大家深信他身上的 Burberry 绝对正牌，尽管他不久将会因泄露商业机密成为公司的被告。谁也没听肤白发黑的女秘书宣读的业绩排行榜，总裁来之前我们已经有所了解，每个人都有自知之明，是福不是祸，是祸躲不过，这个行业就是这样,突然被炒,突然离职,铁打的公司流水的员工,只盼着刀子利索一点,裁谁不裁谁快点水落石出。

那么,关于Jason——伪海龟Eric牙口齐整地说,我的心弹了一下,他并没有直接宣布什么,而是概述我进公司三年以来的情况,仿佛诵读什么吊唁的千古奇文。我不耐烦了,天啦,像个啰嗦的娘们,伪海龟到底要说什么,要杀要剐直截了当吧,我满面谦卑,嗓子里却发出呜呜的声音。

3

通常,在玛雅肉红色纱质窗帘的性感氛围中,我的性趣很浓。玛雅的酒柜里不缺好酒,二十年前的茅台,三十年前的五粮液,还有活灵魂的正牌红酒,嗅一下便产生爱情的幻觉,几杯进肚,体内五湖四海,爱情泛滥,想着怎么和玛雅天长地久。我是个混蛋。玛雅把一九八八年的柏马仕倒进玻璃容器,说这种酒要醒一个小时。她看得出我心花怒放,并断定不是因为她。不过她仍是高兴地骂我是职业病,活着的唯一乐趣就是接订单,心里只有美元。我把玛雅抱起来,红酒的香味很迷人,我隐瞒了自己差点被裁员的真实情况,表现出很受上头赏识的样子,在女人面前,这点面子是要争的。我向玛雅描述了上午那个惊心动魄的会议,事实是,伪海龟Eric正要宣布裁我时,多丽的电话打到公司,一笔60K的订单挽救了我,亚太区总裁和伪海龟Eric低头咬了几句耳朵，一切峰回路转，我当即被安排全面接手福斯公司这个拥有十万员工的大客户，福斯公司业内称为财神，多丽只是其中一个部门的主管，头一回遇到天上掉馅饼的事，除了高兴得屁滚尿流迎难而上之外，我实在无话可说。如果我告诉你接手福斯公司的难度与麻烦，你同样会情愿和那些小客户做生意，这实际是公司踢你出局的一种手段，做得好，皆大欢喜，做不成，那几个裁了的哥们就是前车之鉴。

我说，玛雅，我必须请多丽去钱柜寻欢，那里的少爷年轻英俊强壮温柔，很会侍候人，多丽实该享受这样的犒劳。玛雅笑道，依我对多丽的了解，她会选有老婆管着的，圈养得干净，用得放心。玛雅喜欢拿话刺人，我对她总有理亏心虚感，尽管她是自由的，我毕竟占用她待字闺中的美好青春，又没有金钱作弥补，倒是玛雅隔三岔五要给我买这买那，她对我产生的哺乳冲动会延续多久呢？

我把玛雅的身体端到沙发上，转身上洗手间，对着镜子照了照，眼睛仍是白多黑少的，透着凶光。我感到胸口疼。我怀着难以言说的痛苦回到玛雅身边，玛雅那合身段的白色睡衣有点飘渺。我重新抱住她。我说玛雅你是天使，这儿是天堂。我淫笑着摸了玛雅两圈，上下嗅她，脸抵着她雪白的脖颈，使劲蹭她，伸出滑腻的舌头舔来舔去。玛雅哼哼唧唧。我大为惊讶的是，我所做的仅止于此，我体内只有可耻的安宁祥和，从前那股热烈的激情已转化为对玛雅相依为命的亲切与信赖，我想我他妈的是不是废了。

玛雅说，你最近不发情，是有原因的，没关系，也不是非做不可——真爱等于爱情减性，哈，这是谁说的，太扯淡了。但不久我发现玛雅的眼里闪着泪花，眼泪光顾玛雅的生活，这可是件新鲜事，我吓了一跳，饶是我对付女人训练有素，这会儿也是束手无策，因为玛雅和别的女人完全不同。是的，最近几回我都不能进入玛雅，这对玛雅或所有漂亮女人而言都是一种耻辱，我渴望见玛雅，却没有宽衣解带的欲望，只是嗅她，蹭她，为她削水果煮咖啡，天知道我怎么了。

我怀着内疚屈膝蹲着，双掌前撑身体前倾，静静地看着玛雅，等着她哭出来或者向我倾诉她内心无尽的孤独。谁说不是，即便是伪海龟 Eric，有一回在公司中秋联欢晚宴上也克制不住与妻子两地分居的孤独，这个爱耸肩的伪海龟勾着我的肩膀喊苦叫累。平均一个月回一趟成都，那种小别胜新婚的舒坦更是把剩余的大把寂寞光阴衬得不像是人过的，所以伪海龟偶尔也会在娱乐场所失身，次日怀着无比的罪恶感给老婆寄去名牌手袋或者内衣，他老婆喜欢成都的安逸，死活不愿随 Eric 到这个城市里来，在我看来他们的情况已经岌岌可危，当然伪海龟的生活不关我事，想到他有些不近人情的做法我还咬牙切齿得恨不得把他的老婆搞上床。我在乎的是玛雅，如果我有点责任心的话，真该好好替她想想。玛雅的父亲死后母亲嫁了人，生了一个男孩，他们能记起她的时间少之又少，我这个混蛋，只是和她睡来睡去，仿佛爱着她，什么也给不了她，什么也拿不出来。玛雅有十分的条件傍个款爷，但仅仅因为我昧着良心长着一双婴儿般的黑眼睛，她就跟了我，真是个古怪娘们儿。我多希望自己一肚子坏水，上床下床见面分手行云流水无牵无碍的，也能一口吞下多丽那条残缺的肥鱼。

呵，玛雅，这时候我的心软得扎人，你说话吧，我什么都答应你，玛雅。

一定是我的样子太过滑稽，玛雅望着我突然笑起来，说道，武仲冬，你这姿势，像麦克斯，知道我说什么吧，《南极大冒险》里头调皮使坏的雪橇狗麦克斯，挺让人心疼的，咳，来尝尝好酒。她很讲究地倒了两杯，晃着杯里的红酒，接着说道，武仲冬，你要是对我没兴趣了，直说，不必勉强，我十分理解，本来嘛，人之常情，大家都有机会再碰到合意的。玛雅在特高兴或特严肃两种状态下会连名带姓地喊我，显然此时属于后种情况，我得全力以赴。

红酒像墨水，头一次觉得难喝，我一口灌了进去。

我说，玛雅，我爱你。

红酒要慢慢品，酒里含有维他命……

玛雅，给我提要求，为什么不提呢，你提吧，你想我离婚吗？

……葡萄糖和蛋白质，《本草纲目》里说它暖肾养颜，——你说什么，武仲冬，离婚？嘁，你可别吓我。

那么你，玛雅，你从来没想过要嫁给我？你总是这么不在乎吗?

武仲冬,Jason,别忘了你是已婚男人。

玛雅的话把我堵得喉咙发胀,我多么希望玛雅要死要活地要和我结婚,眼泪哗哗地淌,施展一身的千娇百媚把我这个已婚男人拉下马来,让我确信她爱我,我于她心目中有不容置疑的分量。是的,玛雅提醒了我,我是个已婚男人,正因为如此,来吧玛雅,像个普通女人那样撒娇耍赖任性地索取你该得到的东西吧,即便武仲冬从来没有鱼死网破的勇气,也没有鱼死网破的爱情,生活他妈的就是一潭死水,你行的,玛雅,你能掀起惊涛骇浪的,来吧,逼迫我,用你的乳沟要挟我,用你的细腰恐吓我……玛雅,你知不知道,你这种无所谓的表现和蓝图的不咸不淡毫无区别。我不得不承认,你看透了我,我的确胆小怕事怕折腾,为一点偷鸡摸狗的事差点崩溃。

我一句话也说不出来,喉咙里呜呜的,像要吠出声来。酒一杯杯兴味索然地喝下去,从酒味里捕捉玛雅的气息暗地里嗅着,熟悉的迷人的一辈子难以忘记的气味,啊,玛雅,让我们结束吧,让我离开你,让我结束我对你无耻的占有。

我默默地望着玛雅,是的,就像麦克斯望着直升机飞离地面消失在雪雾之中,我是一条被扔在南极的狗。

我趴在沙发上,额头抵着玛雅的大腿,相当伤感。

玛雅开始没心没肺地抽烟,精致的小脸于烟雾中忽隐忽现,咳,好了,武仲冬,这类无聊的话以后别再说了,你那种只为财死见钱眼开的劲头，应该更彻底一点，比如对待多丽这类母财神，一旦母财神动了芳心，你一定要不怕亵渎胆大包天地把她弄成凡间女人，她会像七仙女帮董永不惜一切。哈，我了解多丽，不小心就在一棵树上吊个半死，三十六七岁了，爱情观还是处女。玛雅没心没肺地说着，伸出胳膊与我比了比，说，你瘦了，胳膊像女人的一样，呀，胡子又细又软，喉结都平了，你不会变成女人吧？……武仲冬，睡着了吗，欸，该回公司了。

在这种情境下打盹很不应该，但连续的工作与应酬，夜里头又睡得浅，我实在太困了，尤其是当玛雅长篇大论的时候，我感到一切都在往下沉坠，我梦见领了薪水和提成，给蓝图买了一只巨大的钻戒，那钻戒闪闪发光，而玛雅光着双脚望着我，眼里头的泪花闪着钻戒的光芒。后来我总是想送玛雅一双里面铺着羊绒的皮靴，我时常在餐馆附近的商场溜达，寻思着找机会带玛雅逛街试鞋——说来你不信，我压根儿没这胆量，但我从这种行为中获得慰藉，对玛雅的歉疚慢慢地淡了下来。

4

我回公司时玛雅把一盒 Dior 内裤塞给我，她说穿平角裤有益于精子活跃。她未免也太操心了。我把内裤放在公司抽屉里藏了一个星期，在一个合适的时机里带回了家。其实这种事情已经不是问题，我只是为了保险起见，你知道我是个谨慎的人。我原想直接将内裤塞进衣柜，但为了显得坦荡，便厚起脸皮向蓝图炫耀，一是眼光，二是捡了便宜货。蓝图的态度不咸不淡，她认为这是不错的A货，不过颜色艳了一点，这些货她的淘宝店里也有，有时间叫我和她一起上网挑挑。蓝图最后一句是征求意见的语气，我在她背后点头，蓝图那种毫无争议的信任，使我的心里升起一股不祥。

婚前蓝图是个小气鬼，爱盘根问底，路上的美女多看一眼，她就对我又拧又掐嘴里还恶狠狠地警告。才几年光景，她就丧失了一切好奇心，更没有翻背包、查短信的恶习，虽说两个人相濡以沫，口角抵牾日渐稀少，天下太平了，我有时倒是盼着和她吵吵，我希望她追究这盒短裤的来历，像一个怕失去老公的女人那样把事情查得一清二楚。细想起来，对蓝图我曾是很动心的。最近的夜里我总是醒着，看着黑暗中的蓝图，她有点老了，脖子上一圈一圈十分明显，她也不在意，一个不怕老的女人，心态平静得可怕。大约从我与玛雅处上以后，我和蓝图不怎么过夫妻生活，我的晨勃也消失了，后来连与玛雅在一起也无能为力。蓝图也不是欲望强盛的女人，晚上偶尔嗅她、蹭她两下，她只是安静地配合，从没有其他要求。以前我们为这个吵过，蓝图很看重的，她把性列为婚姻的标杆。不过，很多事突然就这样了，你找不到那个明确的拐点。无论晚间是否快活，早晨的蓝图总是很好心情地给我一杯盐水，而她做的早餐，无论丰俭，都合乎我的口味。我时而觉得这种生活很难到头，时而劝自己生活就是这样。即便是和玛雅过上了，也不会精彩到哪里去，兴许更糟。玛雅家务方面是个弱智，清洁卫生包给钟点工，吃饭有馆子，出有车，食有鱼，狐朋狗友一大堆，那不是过日子的。当然，我知道玛雅不会和我过，我随口说说，请别笑我自取其辱。我已经没什么胃口了，只迷恋带肉的骨头，在嘴里嚼来咬去，发出嘎嘣嘎嘣的声响，因为怕别人听见，我总是坐在角落的位子，头顶上的电视机是嘈杂的，那是很好的掩护。在家里我把骨头藏好，夜里爬起来，偷偷啃上一阵，有时忘记洗手，蓝图闻到异味也只是嘟囔两声，我说过她没什么好奇心，她只是翻个身以便睡得更好。我的身体的确瘦下来，像玛雅说的那样，骨骼似乎也缩小了，这个我倒是不在乎，大块头大胃口是一种累赘，瘦下来我感到很舒服。

我想不出是什么原因使我控制不住自己像狗那样行动。以前也喝过假酒，除了次日头痛头晕之外，并没有异常的表现，现在连小区里一向友善的狗也对我狂吠不止，完全是见到同类所表现的亢奋或者挑衅，它们企图挣断绳子扑向我，在主人温柔地喝斥下讪讪地罢手，三步一回头，目光凶恶。有条来历不明的黑狗每天一路嗅着跟随我上班下班，有一次我停下来瞪着它，它不躲闪，竟然笑着摆起了尾巴，嘴角的垂涎一直拖到地上。

我抬起一条腿对着树干撒尿，一定是肾虚得厉害，不足五百米的距离一路尿了八次。话又说回来，做 Sales 没有肾不虚的，热的冻的肥的瘦的白酒洋酒红酒啤酒只盯着订单谁也顾不上肾脏，为了生存我们必得牺牲某类器官，吸烟牺牲肺，喝酒牺牲心，妓女牺牲生殖器，患乳腺癌的多丽为了活命不得不切除乳房。啊，尊敬的多丽，你没有乳房，这毫不影响你胸怀宽广的光辉形象，如果不是你，这会儿我一定正疯狂给51Job求职投简历，把自己镀一身金光，在就业寒流的大好形势下，骗取面试的良机，别不信我说我是海龟地道的美式英语几乎无人识破，啊多丽，失业不可怕，但被炒太不光彩，我爱这行业，如果我仍当 sales 在圈内混，这样的历史污点实在是令形象大打折扣。

今晚，我要把对多丽的感激付诸行动，我打算订下钱柜的大包间，约多丽叫上她所有的狐朋狗友来疯狂，不醉不归。我到免税商场给她挑了一条价值不菲的水晶珠链，到 Cocopark 打了一个漂亮的包装。手脚麻利的服务小姐夸我出手大方，买这么贵重的礼物定是送给最爱的女朋友。我含糊地笑笑，走到街上心情出奇地好起来，我想，如果多丽有需要，我适当地献出一点温情也未尝不可，她其实挺年轻的，皮肤好，有弹性，两腿很直，五官也不错，有点媚，就是性子粗心思不够细腻，不过这也不算缺点……我尽量将多丽想成一个迷人的娘们，无论如何，我绝对不会像上次那样很不人道地抛下她，不管多丽计不计较，我都做好了被她蹂躏的准备。

我比约定的时间早到二十分钟，吩咐服务生把洋酒调好，加了冰块，我事先和钱柜经理打过招呼自己要带一瓶洋酒，酒是玛雅赞助的，她很有兴趣看我和多丽的发展进度，不介意推波助澜。

水果盘先上了，樱桃、西瓜、小西红柿全是暗黑的，我不再感到吃惊，我在灰暗的色彩里心绪平和。包间很大，我孤零零地占着一小块地方等待多丽和她疯狂的女友们，不躁动不矛盾不犹豫不彷徨，放下玛雅，便不再是陷了蹄子的驴。我平静得像个白痴，软在豪华的包间沙发里，大屏幕无声的画面与歌曲一首接一首，服务生进来又退出，不知多少首曲子之后，多丽来了，身后并无人大呼小叫，她像片树叶飘进来，落在我旁边，一身很重的药水味。我什么也没问，她什么也没说，只把服务员请出去，先干了三杯。我点了她喜欢唱的歌，把音量调大，她抓起麦克风，吼了一曲《青藏高原》。多丽平时唱这歌十分拿手，这次却有几回破嗓音，最后一句干脆唱跑了。

时间和酒一起慢慢地下去了，多丽的脸红得发光。关于我献水晶珠链以及替多丽戴上脖子的情节就此省略，那里头有虚伪的温情，包括多丽的高兴，也是装的。无论如何，我和她之间都是一种交易。但后来的情况不同，因为多丽态度诚恳地谈起了玛雅，并叫我对玛雅保持警惕：

"她很有问题。"

我以为这属于女人之间的嫉妒与争风,不往心里去,更何况我打算离开玛雅。

多丽说,Jason,你可能不太了解玛雅,当年她的丈夫另有女人,闹得厉害,不久那个女人很蹊跷地死了,玛雅在精神病院住了大半年。其实,她并不是什么主编,她不喜欢工作,前夫给她的钱花不完。据我所知,玛雅恨男人,她的女权就是这么来的……她只想搞破坏,不想得到任何东西,我知道她让几个已婚男人吃尽了苦头,她有很多名字,青萝、冰倩、美心,呵,到你这儿就成了玛雅,你明白我的意思吧?沾上她的男人没有不遍体鳞伤的,呵,你怎么样?

我张开嘴,舌头伸出来长得吓人,连忙缩了回去,说道,她没对我怎么样。多丽说玛雅做事情很有技巧,这时候想退出恐怕迟了。我感到包间里光线阴森,脊背上起了一股寒意,闷头喝了几杯,想象不出玛雅的坏。但我相信多丽,我欠她的,并非一条水晶珠链可以偿还,我真诚地希望能弥补上回的缺口,不过很遗憾多丽没有和我睡觉的意思,她比老修女还正经,我不得不替蓝图感到安慰,内心对多丽无比的崇敬,她是个高尚的女人。但转瞬多丽的高尚便一钱不值,她告诉我她已经从福斯公司离职,我的魂都被惊跑了,眼前一片漆黑。啊,多丽,你高不高尚无关紧要,假如你留在福斯公司,哪怕你是条卑鄙淫贱的母狗,我也能和你保持融洽的友谊。我心里想着多丽拥有的资源,对她离职的事惋惜伤感,简直是痛心疾首。我很违心地说无论如何咱们都是好朋友，一定保持联络，有空就约吃饭唱歌。

多丽模糊地笑了笑，意味深长地说，你虽然做了sales，但仍是个好人。

最后多丽争先买了单，这又加重了我心里头的负罪感。我本想送多丽一程，但她有自己的迷你cooper。看着多丽在黑夜里消失得一干二净，我没想这竟是一次死别。不久后多丽死于癌症扩散，我才知道她离职的原因，听说是她自己放弃治疗，迫不及待到阴间与她的双乳团聚去了。不知怎么，我总觉得多丽的死与自己有关，具体点说，与我那一次弃她而去有直接的联系。

5

我倒了大霉，接手福斯公司这个客户后，业绩始终为零，连请吃饭都约不到buyer，这些小娘们接二连三地休假，小伙子也矜持得无懈可击，好不容易约到两个又临阵变卦，弄得人焦头烂额。我像个小黑球在占地千亩的福斯公司滚来滚去，名片发出一摞又一摞，才略微和两个小部门的小buyer扯上几句笑谈，你一定会同情我，我只不过是每天和他们扯淡的无数sales当中的一个，过两天再给他们电话，他们便问你是哪一个Jason，我只得向他们描述我高个白净斯文的样貌特征，同时悲哀地发现，我那种令人过目不忘的时代过去了，多丽的死带给我前所未有的损失。

公司里有些幸灾乐祸的杂种偷着乐，尤其是细嫩的小娘们儿，我这三十出头的已婚男人在她们眼里完全是个作废的老家伙，我不得不承认这是她们的天下，这种现货买卖的确只适合小年轻拼打，我越来越跟不上它的节奏了，我身体的变化加速，背也弓了，十个手指头悬空时也像打键盘那样抽筋，虽然脑海里储存了上千种电子产品的型号与价格，但也于事无补。我做好知难而退的准备，打算主动向伪海龟 Eric 提出辞职，保全脸面，所以当伪海龟把我叫到办公室时，我先下手为强，立即递交了辞呈。

伪海龟吃惊地看着我，我很镇定地微笑，表示这是深思熟虑的行为。但伪海龟也让我大吃了一惊，他说公司本来在商量你的发展问题，下半年将在长沙设立分公司，考虑到你经验丰富，原本打算任命你为分公司经理，全面负责长沙的工作。不等我说话，伪海龟深表遗憾地摊开双手耸耸肩，这是他的经典表情，他还很负责任地嘴角下扯配合耸肩动作，这一切完成之后，他大方地给我斟了一杯昂贵的铁观音茶。

我突然一腔怒火，心里骂他妈的，公司真有这样的安排，为什么不早和我通气？我双手撑在伪海龟的办公桌上，身体前倾，嗓子里呜呜地响，我感到被捉弄了。

伪海龟接着很富人情味地说，唉，像你这样的人才走了，是公司的损失，晚上一起吃饭，同事一场，全公司的 sales 和 buyer 一起欢送你。

我听着忽然流下了眼泪。

伪海龟说你不用激动，这也是公司的规定，每个对公司做出了贡献的员工离职，公司都要欢送，公司以人为本嘛。我讪讪地，挤出几句感谢的话，只听见自己声音尖细，端茶杯的手翘起了兰花指，惊得喷了伪海龟一身茶水，他居然很绅士地摆摆手，说没关系。

我回到自己的办公桌前，待要拷贝一些资料，电脑已经被密码锁住了，我所有的客户资料也被没收，按规矩我三年内不得去同行业的公司。公司的动作这么干脆利索，不像对待一个即将被重用的人，我不得不怀疑伪海龟言语的真实。最后我请求打开电脑取点个人重要资料，伪海龟经过慎重考虑同意了，在电脑人员的监视下，我心情复杂地拷走了几张无谓的照片。

于是，我前所未有地拥有整个上午的空闲，当然还有下午、明天、后天、大后天……我手里拎着电脑包漫无目的地走在大街上，世界没有色彩，只有暗以及更暗，灰以及更灰，一块小木板上写着"青青绿草，脚下留情"，但草地是白色的，一片白色的草地，几只宠物狗在那儿撒欢。

不知道是疲乏还是松弛，我感到整个人轻了起来，似乎正袅袅腾空，像一粒尘土那样飞向宇宙。后来我在路边的长椅上像个娘们似的埋头哭了一阵，发现自己到了玛雅的住处，我按了很久的门铃，但玛雅不应答，我知道她在家里。

我的胸口又疼起来，我摸到了肿块，想到报纸上说男人也要警惕乳腺癌，便两腿生风赶往人民医院，医生查不出原因，竟荒唐透顶地说我的乳房好像正在发育，真是庸医当道。我索性做了全身大检查，内科外科眼科大小三阳全面体检完毕已是下午三点，检查结果需等三天。

这期间我十分怀念多丽。

从医院出来，离欢送晚宴还早，我从没有过这么奢侈的空闲，经过电子投篮机，我掏光了身上的硬币累得大汗淋漓，然后进游乐场坐了很久的碰碰车，人们撞击我发出嘭嘭的巨响，开心得哈哈大笑，后来在场外看他们碰撞了一阵，想到世界上每天都有这样的闲人和各种行乐的方式，觉得十分荒谬。

我丝毫没想下一步怎么走，被公司规定必须二十四小时开机的手机可以关了，订单不用跟了，客户的欠款不用催了，真真假假的酒不用喝了……我只想关门闭户大睡几天。有一瞬间我想推掉公司的晚宴邀请，出于职业的忍耐惯性，我还是准时到场。那种场面没什么可描写的，一些言不由衷的话和富丽堂皇的虚假情感在活灵魂的酒后总是泛滥成灾。在这种因我的失业成就的狂欢聚会上，我表现得十分节制，最终很体面地告别了活蹦乱跳的公司同仁，回到家里不过八点半钟。

我这种早归实属罕见，蓝图的惊讶可想而知。其实这只是我的想法，蓝图并没有表现出特别的惊喜，她似乎把我当时间了，但我分明看到她瞥了一眼墙上的钟。她到电脑前继续忙，她说有些买家的咨询需要回复，还有收发货需要确认，还要给买家评分，个别买家喜欢刁难人，闹出一些损她信誉的小纠纷，要请淘宝店小二出面调解。不过，一向不咸不淡的她有点喜庆的样子，她和我聊了起来，她店里的销售业绩增加了不少，她考虑辞去公职，专门经营网上的店铺。我本能地说恐怕不行，机关工资虽然不高，好歹是个饭碗，女人要图个稳定。蓝图露出罕有的笑容说道，你太保守，等我把生意做大了，说不定可以养着你。我说我是男人，不是宠物狗。蓝图朝我挥挥手，说，你过来看看我的交易记录，看我每笔赚多少，你就不会反对了。

我兴味索然地凑过去，蓝图点开了历史成交页面，鼠标有选择性地停留，并字正腔圆地念道：Louis Vuitton领带，红色，一口价380元；Pakerson男式皮鞋，42码，一口价460元；Dior男式平角内裤，XL码，一口价165元……

我屏住呼吸，身上冷得出奇。

仲冬，这个玛雅是我碰到的最好的买家。你看她住佳兆公寓，多好的地段呀，去年开盘均价两万三，就是大剧院那儿，离你公司不到两百米吧……你看，她对男装的品牌挺有研究的，出手也很大方……

……

我身体僵直，装出厌烦这种婆妈事情的样子逃开了。别问我后来怎么了，我不会和你一样很愚蠢地猜测蓝图到底知不知道我和玛雅的奸情，你应该立刻明白，心狠手辣的玛雅，她并不是忠诚的阿拉斯加雪橇狗,她是一头仇恨的母狼,多丽说"沾上她的男人没有不遍体鳞伤的",只是我现在才看见我表面完好,内里五痨七伤的生活,多么愚蠢的掩耳盗铃啊!

6

三天后,我在街上游荡,人民医院给我电话,要我去取检测报告,我当时已经忘了这回事,我甚至毫不关心体检结果,死活由天。我去到医院,立即被神秘地转了大学附属医院的某个房间,几个表情严峻的实习生模样的年轻人站那儿,见我进来,眼光闪现出如获至宝的贪婪。其中一个很客气地将软椅子搬给我,请我坐下,说主任马上就到,他好像十分珍惜与我的近距离接触,那眼光几乎要将我的肉体切开。

这时我有点恐慌了。

似乎是防止我逃跑,有两位主动守在门口,这时的煎熬不逊于蓝图对我谈论玛雅时的程度。

戴大框眼镜的主任来了,手里捏着我的体检表,示意我坐到他办公桌对面。实习生模样的年轻人在主任左右站得笔直。主任翻开病历问道:

叫什么名字?

武仲冬。

年龄?

三十一。

婚姻状况？

已婚。

什么职业？

外企 sales。

有什么嗜好？

谈不上嗜好，工作需要喝些酒而已。

平时可有服用什么药物？

没有。

坦白对健康有好处。

每天喝一杯盐水。

夫妻关系如何？有没有第三者？

你问得离谱了。

那就实话告诉你，你长期在服用雌性激素……

——雌性激素？我大喊一声，腾地站起来，脑袋里嗡嗡直响。

是这样，长期服用雌性激素，会变得女性化，丧失男性功能……最近几个月，你有没有感觉到身体状况的变化？

……啊，不，不可能……

武仲冬，今天我们请你来，希望你能配合我们的研究生对你的身体变化做分析和研究，我们会付你酬劳……

庸医，神经病！我忍无可忍，龇牙咧嘴地扑向戴大框眼镜的主任，但被年轻的实习生轻易地反剪了双手，我的胳膊发出喀嚓的响声，手好像被手铐死死地铐住了。实习生面色冷漠地围住我，我才发现身体成了空架子无力反抗，我吃了一点苦头，感觉自己落在一群面目狰狞的刽子手中，他们正打算将我开膛剖肚……我说不清自己是怎么走出那间办公室的，街上的嘈杂扑头盖脸，我慢慢加快脚步，速度越来越快，我把手机扔进下水道，穿过一片白草地时，几只互相追逐的宠物狗也跟着我疯狂地奔跑起来。

2010年2月

人面狮身

有些人电视上看着挺顺眼,见真人反差特大。比如骆驼,镜头前西装革履的上半身无可挑剔,很合我意。有一回天赐良机,竟然在微博上碰到了他。于是彼此关注,一通私聊,转眼就约到了餐桌上。没想到骆驼是个小个子,穿着掐腰小黑西装,白衬衣领子浪翻,上半身煞是端庄,下半身就有点顾不上,简直是过于草率,浅色裤子紧兜裆部内容,裤线压在两颗睾丸中间,勒出一道骇人的缝。我当时心里一声惊呼,此后精神很难集中,总是担心他睾丸爆裂,有片刻我的心里也有一种挨挤压的憋闷,我猜他干那事儿多半不行。

北京饥饿男女多,饭局密,只要勤走动,身体不会落闲。男人年复一年变大叔,小姑娘一茬接一茬长成盘中餐,老牛的草料越来越嫩,小姑娘的口味越来越重。她们宠辱不惊,一出场便睥睨万物,连我这种生于八五前的姑娘在她们嘴里都成了老女人，这多少有点挫人自信。有时候我想青春真他妈短暂，仿佛头天晚上睡觉，今天早上就老了，贴面膜也不管用。说实话，我不太在乎上床这回事儿，不是不当回事，而是不想以后的夜晚继续细数自己的失去，我打算把它放在锅里，烧起熊熊大火之后，让它沸腾起来。

我想撇开那种用冷锅子凉拌速食的风气。

骆驼的鉴宝节目我追看了半年，我对古玩没兴趣，只为等他落锤砸宝时，我私处随之震颤的愉悦——对一个从没高潮的姑娘来说，这一点弥足珍贵。我看他手握锤子，温柔又果断，一眨眼就将美丽的赝品砸成碎片，像个杀手一样面无表情，我猜想生活中的他也一定是个去伪存真的纯洁男人。

人往往被某种预设所控制，这种想法变得越来越真实，见证过诸多无底线的人和事之后，我对男人的兴趣落到山谷，如今被骆驼拎到半山腰，进退两难。

一泡浓茶冲至寡淡，需要一个过程。因为先前注入的印象太深刻，仿佛吃得太饱来不及消化，我勉强和骆驼的上半身继续交往，找各种理由进行自我说服。我这个人不喜欢听别人的劝告，但总是落进自己的圈套。我拿出很多理由企图淹没骆驼的下半身，比如他是老北京，像我这种怀着生养一个胡同串子的女人，遇到一个胡同里出来的男人，立马有点天作之合的窃喜。并且他有头有脸有文化，这种完全不顾他人死活的锦上添花，谁忍拂其美意。

我们在吃过两次饭、看过一场话剧之后，牵起了手。那手算是我主动牵的。或许也不能这么说。因为看戏剧时，他的左手搁在扶手上，掌心朝上，手指弯曲，像朵花一样开着。这像他裆部的那条中缝线一样，严重影响了我欣赏戏剧的专注。宴客品茶时，朋友的茶杯空了，你会本能地给他续上。那只空着的掌心，像一只空杯子一样诱惑着我的情感良心，它甚至就像夏天的一潭湖水，诱人纵身往里一跳。在戏剧进行到三分之二的时候，我忍无可忍，把右手轻轻放进了花心，那朵花立刻闭合，咬紧了我的手，并且开始慢慢地咀嚼。于是我的注意力完全集中手心那点事儿上了。

这时的骆驼是完美的，他坐着，上半身仪表端庄，发型很潮，前面一绺用定型水抓直了，露出饱满的额头，眉眼也不掉价，眼睛黑亮有神，跟得上趋势，侧面看去，鼻子冰山一样浮出水面。他上半身散发的气息笼罩着我，有一阵我的手和他的手缠绵交织，死心踏地，我以手心出汗为由抽退，因为我看见高潮在遥远的西伯利亚徘徊，像一个孤独的流放犯，身影既朦胧又清晰。

我们什么也没说，没有人明确关系，他也采取放任自流的态度，没有过分要求。我睡眠不好，他说练书法有好处。他的父亲是个收藏家兼书法家，八十年代每天骑着自行车在乡下收破烂，后来去过海南淘花梨木。他家的杂院里塞满了老东西。还借给别人一套晚清桌椅摆在西餐厅，那边为了给门庭增色，这边是为了养包浆。骆驼给我说这些，是为了告诉我他敢砸宝是有家学渊源，普通人容易迷恋完美的赝品，弄碎它心和手都会抖，而他是绝不手软的。

我们去买文房四宝。骆驼有一堆胡同故事，信手拈来，说得很好玩，而我却被他的下半身困扰。他两腿紧夹走在人行道上，高兴时像麻雀蹦跳几步，虽说换了黑裤子，那道中缝还是很分明。我非常不好意思，好像自己的隐私暴露在外。每当有人朝我们走过来，我赶紧低下头，与骆驼拉开一点距离。说实话，我还是愿意和他坐着聊天，看他端庄的上半身放在圈椅里，捏着我的手，我便感觉高潮在遥远的西伯利亚平原蠕动，像一个孤独的流放犯，身影既朦胧又清晰。

有关笔墨纸砚的知识在路上普及完毕。骆驼说什么好宣纸轻似蝉翼白如雪，抖似细绸不闻声，熟宣和生宣，一百张为一刀，哪儿的毛笔有名，初学用什么毛的，墨汁用哪个牌子的，这些都很关键，就像找对象要看对方的毛发皮肤德行品性，还要了解经济基础文化程度。他这么说时，我忍不住看了看他，毛发是黑的，四合院晒不到太阳的缘故，皮肤偏白，连带气质也阴柔多情，像一株潮湿的植物。

有一次聊到香火问题，我问骆驼喜不喜欢孩子，骆驼说喜欢但不会生养，因为把孩子带到这种环境中等于谋杀犯罪，三聚氰胺奶粉、吃避孕药长大的鱼鳖虾蟹、大粪熏制的臭豆腐、地沟油、洗脑式教育……都是他没法容忍的。我故意说他不把自己的孩子当人类，大家不都在结婚造人哺乳，孩子在联欢晚会上唱歌跳舞挺欢快的么。其实我心里是窃喜的，因为这也是我的观点。有时我和骆驼会因观点不同发生小小的争执，但始终语不高声，我们这种似是而非的恋人，在情绪表达上有着理性的节制，不知道成了夫妻，在感情积垢很深生活包浆很厚的情况下，会不会拿出各自的枪支弹药朝对方猛地射击。

因为骆驼的父亲心肌梗死去世，我们不明朗的关系停了一阵。这期间我和骆驼的发小汪大头走得密。汪大头是个摇滚乐手，不过至今没有一首名曲，我的朋友也没听说过汪大头。汪大头的观点是这个时代容不下真正的艺术，真正的艺术家注定是孤独的。他傲然走在大街上，长发飘飘，有时扎成一束马尾，在酒吧弹着贝司用感冒发烧过后的嗓子吼唱，让青春叛逆的少女如遭电击。在"愚公移山"酒吧看过他的表演之后，我发现自己是个没有艺术细胞的人，对音乐无动于衷，事后脑海里总是浮现他手淫似的弹着贝司，微弓着腰，仿佛射不出来很痛苦。我邪恶地想，一定是汪大头这个性感的姿势与高潮似的叫喊触到了粉丝的 G 点，他和她们在想象中交媾，互相鞭赶西伯利亚平原上那个孤独的流放犯。

我认识汪大头的时候他刚从监狱出来，因为酒后开车摸乳超速闯红灯撞翻小卖铺，伤着一老太太，赔了钱款，蹲了半年，顺带让副驾驶的那个无名姑娘红了一把，那儿正好有个摄像头。汪大头在狱中写词谱曲，有事没事都唱，受了空前的欢迎，身体没怎么吃亏，很快火了起来，成了监狱明星，连狱警都舍不得他离开。汪大头说那半年他过得最快活。因为他的歌声给大伙带来了自由与想象。汪大头出狱两个月后在全国的大城市搞了一次巡演，入狱经历仿佛硬汉脸上的刀疤，使他大放光彩。

有一天我和汪大头吃烤串喝啤酒，我和他不算知己，似乎有往那方面发展的趋势，他坦率的高温烫到了我。他毫不忌讳地谈起他的私生活，说他每到一处都有姑娘投怀送抱，他在各式环境里操弄过她们，有的连名字都不知道。他描述了车震、野合，还有电影院里的嘿咻经历，尤其是在咖啡馆那一段，惊心动魄，他和一个十八岁的女生挤在一张软椅上，咖啡馆人很少，他们坐在角落，落地窗外人们在夜色中步履匆匆。那女生穿的裙子，侧身假装看IPAD，他从后面进去了。其间服务员还来添过一次茶水。西伯利亚平原上那个孤独的流放犯很快走进了咖啡馆。

汪大头还给我介绍他嚼着口香糖的新女友，小妖精睁着一双充气娃娃似的漂亮空洞的眼睛，塞着的耳机从头至尾就没摘下来。

我不大相信汪大头，他把自己弄得像一条公狗或许另有原因。当然第一次见面就上床总比睡一回觉就得结婚要靠谱。在这种事情上我没什么道德立场，我只是依我的理论行事，肉体上添一个过客就多一份累赘，甚至是一堆清不掉的垃圾记忆。有人喜欢上床，有人喜欢喝酒，也有喝酒上床善饮能操的，那是别人的能耐。每一次酒局都会有初次见面黏在一起的男女，没什么奇怪的，这便是酒局的功能之一。低龄少女在桌上异常活跃，在这个空间里，八五后确实大势已去。我的同学全部结婚抱孩子了，我的个人问题几乎成了一桩公患。我只好不再参加同学聚会，尤其躲着抱孩子的女同学，除非开始养狗，我才可能和她们有共同语言。过度的关心就是打探隐私，我从不相信一个人不结婚会使另一个不相干的人寝食不安。她们更多的是炫耀自己，因为每一个秀幸福的人其实都充满了不自信，他们无非是通过种种方式来暗示自己，并通过外界的力量加以约束，她们的生活始终像狗一样竖起警惕的耳朵。有的终究没糊住窗，露出了破败残絮。想到这些我就很轻松，像是卸下了重轭。

生活是一张千层饼，我不会因为只尝过其中一层而否定别的存在。当汪大头讲他的风流韵事时，我看见自己如疾风过后的桃花，簌簌落了一地。有几回我想过和骆驼胡搞一阵算了，但他一旦离开座位站起来，我便如上岸的鸭子，不在戏水的状态。

有个女孩写下一句"我有抑郁症想去死一死大家别在意"从容赴死。看了各种版本的留言我什么也没说。面对死，犹如恋人说分手，我选择闭嘴不再进出一个多余的字。每个人都是自由的。当我去干预别人的自由，我便首先失去了自由。精神上不能自理的人只会酿造更大的矛盾。从前我更看重肉体，我认为性事的不完美意味着情感的凋敝，现在我发现那是一种错误，当我回忆过去肉欲烟消云散，存在的却是某人的精神世界，无形而坚固。我偶尔发个短信给他，企图摸索着回到过去，但是连我自己也迷了路，荒芜的小径杂草丛生，还有障碍物和深沟野壑。没有人在传颂爱情的时候赞美肉欲。经过许多夜晚的自省，我发誓此后要轻视肉体，让感情变得更加纯粹。可是在与骆驼的交往中我自相矛盾，禁用自己的身体，又做不到只取他上半身全情投入，像苍蝇盲目地撞击玻璃。

我觉得自己像个笑话。我找了一堆题目测试自己是否患有抑郁症，结果显示我是一个野心勃勃的不倒翁。

我去宋庄看艺术家在房顶表演后位式性交，女人奶子间写着标语，男人披头散发，他们的姿势让我想起一种人面狮身的怪物。后来我对骆驼说，我觉得当时观众的各式表情才是那场行为艺术的核心，就像结婚的表面是爱情，真实的情况是彼此找一个垫背的，以备老无所依。我这话说得刻薄，不小心泄露了内心的恶毒，我以为骆驼会如受惊的小鹿逃进树林，从此像害怕一管猎枪似的躲着我。没想到他却轻盈一笑，赞同我的垫背观，还说我们都是人面狮身的家伙。骆驼的话给圈外徘徊的羊抽了一鞭子，我差点低着头就冲了进去。他紧接着说了一句更让我爱意顿生的话：哗众取宠的半吊子艺术家才华有限，人品却是向下生长的枝条。

我逐步发现生活中的骆驼比鉴宝节目中的骆驼更精彩，这使我对肉体的使用更为谨慎。父亲的死让骆驼成了一个哲学家，他说生命是死亡的赝品，是假象，是幻觉。说实话，我不在乎生命是什么东西，我盘算着和骆驼如何继续，要不要上了床边睡边看。现在的人谈恋爱不上床是变态或装逼，而三十年前多睡几个小伙子却要蹲监狱吃枪子儿。

归根结底我们都是正人君子，观念才是那个兴风作浪的潘金莲。

我设想我和骆驼发展的情景，在临界点我像个处女一样紧张，然后我告诉他我想和他撇开身体谈恋爱，先不说他的反应，把下半身的野兽关进笼子里，无视它的嗷叫，我先自觉得荒唐了。后来我又曾仔细考虑，我和肉体到底能不能撇开，我能不能做到它们搞它们的，我们谈我们的，快活和灾难身体自己扛，什么月经、怀孕、流产、身体背叛都是无足轻重的附属品，用不着忽儿形而上，忽儿形而下，在各种浪费生命的麻烦纠结中榨干自己。但是我的想法像雪糕在箱柜里冻得坚硬果决，拿出来就软化成水，我永远敌不过本性的复杂。我还是那个柔软真实的女人，依在自己的门庭迎归西伯利亚平原上那个孤独的流放犯。

事实上我的所想远超我和骆驼交往的程度，他没有表现某种攻击性的需求，我们甚至没有严格意义上的接吻，偶尔会嘴唇轻触或者吻一下面颊。我似乎习惯了他裆部的中缝，也许这是情人眼里出西施的另一种演绎，第一次见面时我夸大了那条中缝的存在，我甚至觉得那是很体面的一条中线，它与他密不可分。

我开始跟骆驼参加朋友聚会，他们喝酒聊天都很斯文，不劝酒，更不强迫。没有人主持饭局，酒也是总量控制，倒在分酒器里，一人一壶，用小杯，喝完自己倒。汪大头隔三岔五换女友，带来也不介绍姓甚名谁，大伙也不问，那姑娘也只是埋头吃菜，偶尔与汪大头私语两句。我和骆驼的关系也没有一个明确的定义，在他们的默认或玩笑中我们不作反驳，我喜欢这种轻松的状态。我看出来了，他们并不在乎你是妻子、情人还是女友，他们要的是聚在一起的欢乐，哪怕你有一天突然不是妻子了，也不会过于诧异。英雄不问出处，饭局照常进行。

有一阵骆驼和汪大头去厕所吸烟，相继离开饭桌，我试着和汪大头带来的小姑娘说话，那姑娘打着鼻钉闪闪发亮，神色慵懒像个吸毒分子。我不擅于打开别人的心扉，索性装出老女人的样子。我忽然也想小解，于是走过一条悠长的通道到达目的地，洗手间装饰十分优雅，很像咖啡馆，还飘着一股栀子花香味。在盥洗处洗手的时候，我从镜子里看见骆驼和汪大头走出洗手间，汪大头搭在骆驼肩上的手拧了一下骆驼的脸才放下来。男人间的勾勾搭搭总是让人别扭。我对着镜子理顺头发，涂了一层润唇膏，不接吻的嘴唇总是特别干燥。有片刻我顾影自怜，我想是不是我出了什么问题，如果我能像别人那样原谅少毛肚肥屁股大说话粗俗之类的男人并加以热爱，修改完美主义的毛病，就不至于因为骆驼裆部的那条中缝犹豫至今，甚至还在脑海里拼命给他换上裙子。

我到底害怕什么呢。我有点沮丧，但努力整出一副意气风发的样子回到餐桌。

汪大头和鼻钉姑娘已经撤了。一个混吃混喝的六指公知喝高了在胡诌。微醺的男作家捏了一下女记者的手。饭局已经有了阑珊的意思。

其实我本人就是西伯利亚平原上那个孤独的流放犯。我不断地更换城市与圈子，抛弃既有的生活内容。我没剩下朋友，没有闺蜜，几年前有个走得稍近的同事告诉我，高潮的感觉就像跳楼。她长得金肤黑发，修腿翘屁股，像匹结实的母马。母马说她遇到喜欢的男人，身上会分泌出奇异的香味把男人迷倒。我不完全相信母马的这种动物性的描绘，但事实却像她说的那样，总是她甩别人，她很容易"跳楼"，还可以连着跳。在我看来她是个奇迹。

母马的生日宴会上，她匀给我一个帅小伙，于是我正儿八经地搞起了男女关系。老实说我几乎是第一次谈恋爱，很不在行，谈得磕磕绊绊，焦头烂额，激烈时还有武斗场面。半年后我提出分手，他突然凶相毕露，对我软硬兼施，一边自残自虐，把自己弄出血来。我只好向母马求助，母马说感情的事外人不好插手，更何况她和他并不熟悉。我于是搬家换电话，清静了十来天，我以为事情结束了，没想到有天下午他突然在我住处堵住了我。他先是痛哭继而辱骂，后又扇自己嘴巴，眼睛通红地求我不要离开。我一定是在那个时候受了惊吓，以至于后来见到男人流眼泪就害怕。当时我费了很大的劲逃出了包围，晚上在母马家里住下了，第二天一早接到公安局的电话，有个男人在我门口抹了脖子，请我接受调查。从接到电话开始我一直在哆嗦。我哆嗦了好多天，直到我离开那座城市。我同时甩掉了从前的朋友，抹掉了一切有可能刺激噩梦重现的蛛丝马迹。

时间终于掩埋了那片废墟。我的精神长期处于瘫痪状态。在任何场合遇到男人这种动物，我总会担心他们突然发起攻击。我保持高度警觉时看起来像个窃贼。骆驼不知道我的遭遇，他温和如羊从来不会有好奇心，像一个匀速摇晃的摇篮，有时仿佛还能听见婴儿的呢喃声。这里有一种避风港式的安全感。我打算和他搞一下。决定跨出那一步时天色接近黄昏，我忽然想先去许一个愿。我经常在雍和宫里的大树下读书，闻着不灭的香火，看着过往的香客，但从没向菩萨乞求什么，比如钱财，比如爱情，我只是虔诚地等待未知的事物。我对骆驼说想去雍和宫时他十分体贴地带我去了，告诉我烧香拜佛的一些讲究。我顾不上跪姿和磕头的方式，脑海里紧张混乱，似乎许了一堆愿，后来却一个也不记得。一种神秘的东西分散了我的注意力。

饭后去了骆驼的公寓。这是我第一次去他家。一切符合我的想象，条案、圈椅、瓷器，墙上的字画，还有壁柜里的坛坛罐罐，现代化的跑步机，沙发和旧式箱几混搭，凌乱又个性。我们寻找一种消食的方式。他烧水，在普洱茶和咖啡之间，我选择了前者。因为我那颗脆弱的心脏喝了咖啡就卟卟乱跳，我对那玩意儿从没感冒过，每次去咖啡馆都喝鲜榨胡萝卜汁，我得了一个兔子的外号。

骆驼不知道这些。说到底我们只是一对好邻居，站在彼此的花园里打招呼，隔着爬满青藤的竹篱笆说些诚恳的话语。现在我进了骆驼的花园，我的心里打鼓，满是临刑前的忐忑。

我们坐在沙发上，他现世的屁股一动，我底下的世界也不安稳。续杯之后，我越来越觉得不和骆驼上床是对骆驼的侮辱。瞧，骆驼做好了充分的准备，窗帘闭合，橙色的射灯打在液晶电视周围，余光轻轻落在我们身上，他在自己的沙发上从容笃定，不急不躁，享受这暧昧的前戏。

我们差不多和狗一样相互嗅够了，确定是自己喜欢的气味，半醒半迷中宽衣解带，我像博物馆的工作人员迎接第一批参观者那样打开大门，心里却幻想今天是个休息日。眼看参观者就要鱼贯而入，只听见骆驼诧异的声音：

"嗳？怎么回事，刚才还好好的。"

原来骆驼下面不听上面指挥。他又连念叨了几遍，那情形像近视眼忽然不知道眼镜搁哪儿了。

我却喜不自胜。这次不举一举解决了我的心理负担，我拿出平生最大的热情假意抚慰，做得很像那么回事儿。后来的骆驼仿佛毕生都在为证明自己能找到那副遗失的眼镜而努力。我也趁机深入骆驼的精神世界，在确保他不是身体的过客之前不做无意义的性交。人生最荒唐无聊的性事，对于一个徘徊在遥远的西伯利亚平原的流放犯来说，如果不赋予意义，我想不出它有什么存在的理由。

骆驼最不该将我引向书法的歧途，像我这种过于安静的人，再去练书法，简直像自宫一样，一笔一画全是砍欲望杀卵子的刀。从此见骆驼只谈字不谈情，我几乎已经成功抛下了身体，在没找到那副眼镜的骆驼面前，敢于妩媚多娇了。

有一次我无意中聊到老家，说起村里还有人睡晚清雕花床，骆驼便要去我老家淘宝，汪大头强烈附议，不久我们三人整装出发。我一下子带两个男人回来，我妈眯眯笑，我爸烹鱼宰鸡，我哥去田里抓了半篓子黄鳝，各种屠杀过后我家后院尸血横流。我爸将桌子摆到天地间，槐树下，又拿出自酿的米酒，在乡村的微风中碰杯。我爸喜欢这两位远道而来的客人，酒过三巡竟然聊起了他的革命史，骆驼很感兴趣，因为他的父亲也参加过革命。汪大头一个劲儿逗我五岁的小侄说话，反被小侄古怪的问题难倒，他问为什么你的裤子这么多口袋，你是男的为什么要戴耳环，城里的太阳会落在哪里。

我妈则逮住我说不会是戴耳环的那个吧？我妈越认真我压力越大，如果我下次回来没有骆驼，会被我妈的封建观念碾得遍体鳞伤，她的杀手锏我早已领教。其实我也搞不清骆驼到底算我什么人。深想一层时，连自己也吃了一惊：当我和骆驼没发生性交的时候，我并不能确认我和他的关系，好像男人必须在女人身上盖戳之后关系才能生效。我想我并没比我妈进化多少。倒是我妈的信念天然诚恳，我的虚伪做作。

我含混过去了，我妈没有追究，我却不能放过自己。我躲在厨房里怀着极大的自我鄙视拍死了一只蟑螂，另一只被逼到洗菜盆里，我拧开水龙头慢慢淹死了它。我妈完全不知道有个人在我家门口抹了脖子，此后我的梦都是血淋淋的。我不知如何看透一个人的脑袋，如果人的精神疾病像秃子头上的虱子一览无余，我大可不必像深陷黑夜一般恐惧。我放大了骆驼裆部的中缝，给自己设置了前进的障碍，他像麻雀一样蹦跳是不失童真的顽皮，我看作滑稽是存心不让自己如意。一时间我有点幡然悔悟的意思。我清理好蟑螂尸体，心情妩媚地回到餐桌。老爸已经微醺，说话情绪激动，手在空中切划，我知道他的故事抵达高潮。

我看了骆驼一眼,默默想起西伯利亚平原上那个孤独的流放犯,我下决心要它今晚到来。

老爸酒劲上来扛不住,呼呼睡着了。骆驼和汪大头在附近欣赏田园风光,我帮我妈收拾残局,温顺地忍受她的唠叨。我瞟了一眼窗外,骆驼和汪大头边抽烟边评点江山,黄昏最后一脉余光涂满他们的后背。我心里想着夜晚即将发生的妙事儿,面色欢愉。我妈见我态度不错,于是化批评指责为语重心长,还说她开始锻炼身体,因为我生儿育女后需要一个健壮的保姆。我一听就两眼发潮,我想为了我妈我似乎也该好好干上一回,否则真是不孝。

我又看窗外,骆驼和汪大头已经走开了,枝头上两只小鸟正用嘴互相给对方打理羽毛。

我趁机先把自己弄干净,我在浴室里洗上洗下一通忙乎。我从没这么积极地去干一桩享乐意义上的事,半瓶沐浴液被我抹个精光,头发洗了三遍,抽风机坏了,浴室散发浓郁的香波味差点令我窒息。

在这次彻底清洗身体的过程中,我怀着临嫁姑娘对娘家的眷恋,回顾了自己过去所有的历史,为一个即将获得的好归宿感激流涕。

我吹干头发对镜贴花黄。小侄溜了进来,玩着桌上的眉笔粉刷和瓶瓶罐罐,不停地问这问那。当他明白这些我都要抹在脸上时，撇着嘴不屑地说，你们女人真麻烦。

我笑着亲了一口他的脸颊，继续涂脂抹粉。

"姑姑，"小侄依着桌沿认真地看我化妆，我敷衍地应了一声，他接着说，"那两个叔叔在橘园里亲嘴了。"

我蓦地一怔，瞪着镜子里的人，那张脸像动物的标本。

我慢慢擦掉脸上刚涂好的东西，脂粉像三月的柳絮飞扬。

2012 年 4 月 10 日

尊严

事件很简单。二〇〇四年十月二十八日下午,吴大年被公公打了一巴掌,非要自己的男人张子贵出面,要公公为打人之事道歉。张子贵不依,单说长辈给晚辈道歉,公公给媳妇低头,世间并无这等道理。吴大年不相饶,最后竟离家出走了。

都晓得张子贵性子随和,感情上素无二意,为人处事也从无歹心,除某月某日踢死过一条幼狗,不曾伤害其他东西。张子贵热爱土地,但因是家里独子,被爹娘宠坏,不曾学会种田,婚后仍不懂稼穑之事,且多数农忙时节在外县卖蚊帐,跑一趟少则十天,多则一两个月,总之卖光了蚊帐才回。若碰巧在家,吴大年与爹娘在地里劳动,他则殷勤地递茶送水,撑把黑洋伞,用他酷似太监的声音,在岸上指点江山,贩卖江湖轶事,也讲一些卖蚊帐的趣闻。

平常时节,张子贵赚得几个现钱回来,喝着小酒,打点耍牌，兴致起来就吆喝牲口，斥责吴大年，仿佛财主之于财产，炫耀而满足；或者与人为旧年的米价前年的亩产争得脸红脖子粗，显示他内里行家的优秀品质。张子贵本以为生活大抵不超出此外，不曾想这婚后第十年，吴大年竟会公然作对，要爹向她一个女人服软。

张子贵不晓得吴大年积郁已久，新账旧账一并清算，只道自己拿得准吴大年的脾气，小打小闹常有，断不敢真正放肆。所以，卖完蚊帐回来，听吴大年说挨了爹的打，张子贵反骂将起来："这老婆娘，尽耍姑娘脾气，安分的日子，你还嫌什么。"见吴大年倔而不屈，张子贵颇不快活。吴大年的身体，张子贵熟悉不过，她后脑勺并无反骨，鼻梁不歪，嘴唇也不薄，手粗脚大，极老实的劳动妇女，今天何以有拼个死活的样子。

吴大年说道："舅舅不疼，姥姥不爱，我有什么脾气可耍。你眼里几时有我？每次卖完蚊帐回家，你都是先去你娘的房间，把钱一五一十数给她。兜里能剩几个零碎钱给我已是万幸。你把我当个人的话，总得和我商量着办，我几时对你的爹娘苛刻过。你一出去几十天，从不给我留点家用，说句不怕耻笑的话，买卫生纸都没钱，厚着脸皮找人借。"

张子贵听了奇闻般惊诧："你这婆娘，要用钱，跟娘说就是，一家人，还那么夹生。钱给娘，有什么紧要，我没兄弟，你没妯娌，又无人与你争家夺产。"

吴大年不爱听:"那是你的娘。她手掐得紧,我懒得去掰。憋屈。你一年到头没打过赤脚,不知道种田的辛苦。我犁地、挑谷,更不用说插田打禾锄草喷药,你有过一句好声好气的关心么。只知道对人夸你老婆力气大,能犁地。我又不是牲口。"

张子贵琢磨谜面似的,越发困惑:"夸你不高兴,难道骂你才好么。你真是怪脑筋。娘手紧一点,也是为了这个家,将来得好处的还是咱们。"

吴大年见张子贵不开窍,无一句体己的安慰,积郁更甚:"要她帮我积那棺材钱做什么,我不怕死了没人埋。我与你爹娘闹意见,你不问缘由,就说我的不是,你是他们的儿子,只认爹娘,合伙把我往脚底下踩。你要是不辨是非也没关系,你几时有个丈夫的样子,在中间调解劝说?"

"胡说八道。你吵什么,你不和他们吵,怎么会有这些麻烦事情?给我把衣服清出来洗了。"

"是,把我憋死了,你们就清静了。"吴大年不动。

"别死呀死的,你死来看看?"张子贵不耐烦。

吴大年绷紧脸,沉默半晌,继续说道:"就拿这次来讲,我玩了一阵耍牌,把挑谷子去打米的事忘了,你爹指桑骂槐地刺我,我不过是回敬了几条道理,你爹说不上理,嫌我怠慢,铆足劲一巴掌打上我的脑袋。"

张子贵说:"爹是有打人的毛病,打过我,也打过娘,打是爱,骂是亲,如今打了你脑壳一巴掌,证明爹没把你当外人。"

吴大年嘴唇直哆嗦："张子贵，你凭良心说一句，你爹该不该为打人赔不是。"

张子贵脱下一只臭袜子："没伤没痛的，打就打了吧，都过去好些天了，还提它干什么。爹都六七十岁的人了，给媳妇低头认错，传出去被人耻笑。"

"去不去跟他讲个道理，是你做丈夫的态度，道歉不道歉，是他当公公的分寸。你不把我当老婆，他就不当我是媳妇；当丈夫的不抬起我，这屋里屋外的人，谁都可以作践我。"

"你这婆娘，几时开始啰唆起来了。喏，我这趟生意不错，赚了一千多，拿去，娘那边给多给少，你说了算。"张子贵脱下另一只臭袜子，取出藏在里面的钱伸向吴大年。

吴大年冷眼一瞟，道："还是给你娘吧，这样就不用怕我卷了钱财，去跟别人生孩子。"

张子贵眯眼淫笑："你胡说八道哩，钱都交给你了，你还不满意么。来来，睡觉。"

张子贵手举人民币，要揽吴大年，吴大年手臂一横，打得纸币乱飞。张子贵仍是笑，要吴大年留着力气，睡觉时再使。吴大年抢白他睡不出个鸟来，再碰她，就死给他看。

张子贵笑不出来，便舍了她，一边弯腰捡钱，一边恶狠狠咒："你死啊，有本事死来看看。"他话音刚落，吴大年就拿脑袋撞墙，一连数下，便见她额角鲜血缓慢花开。

吴大年回想结婚十年，好似躺了十年棺材。张子贵无能生育，在家则对她软禁，外出则指派爹娘监督，担心她心不稳，唯恐她身体好，不许她穿得漂亮，提防她存了私房钱。

吴大年是绝望了。绝望仿如一只温暖的手，牵着她走出了村子。走前，吴大年给张子贵留了几句话，意思明确：他若不去跟他爹论理，她永远不再回来，她要在外面"活"，不愿在家里"死"。

远山迷蒙之际，吴大年停在路口，眼望去娘家的路，但见荒草丛生，满目凄迷，通向遥远的记忆。当初只为远离娘家，由这崎岖的路，匆匆嫁到此地，如今，断不能由此复归娘家。当女儿时睡过的床，早被爹娘劈了，烧了，化成灰烬，房间早已成弟弟的洞房。在娘家的痕迹难寻一星半点，此番归去，与外人无异。

吴大年思忖片刻，踏上了去县城的路，愈走愈快，渐行渐远，不多时已只剩模糊的影子。

"嫁给张子贵太仓促，一起生活才知道嫁得不好。早些年离开他，或许还会有崭新的生活（家庭），可能会遇到一个好男人，至少他知道怎么做丈夫。"吴大年眼望两只并飞的鸟，落上枣树丫，不觉恍惚。十八岁时，和村里的复员军人杨向兵好了。杨向兵给了她初吻。爹给了她耳光。娘给了她漫骂。那些茫然无措，含混不清的往事，吴大年想起来仍觉战栗与屈辱。

杨向兵生得一表人才。复员回来完了婚,却是没几日和睦。外人不知其内因,只晓得他的妻子脾性暴躁,文墨不通。结婚四年,生就一男一女,离婚闹得家里鸡飞狗跳。吴大年当年十八岁,身高一米六六,容貌清秀,有倔脾气,也有温柔情愫、慈悲心肠,不知不觉和杨向兵撞出了感情,躲在堤坡的柳树下接了吻。不巧,吴大年的婶婶看见了这一幕,觉得不合时宜,当即禀报吴大年的爹娘。吴大年当晚挨了爹一扇耳光,娘迎合爹,对吴大年辱骂不绝,总结归纳就是吴大年太贱。

吴大年躲起来哭,遂相信村里人的话:爹素来不喜爱女孩,她出生后,爹将她抱到池塘边,要淹死她,亏得被人拦住,保住小命。吴大年排行第三,大年三十出生,下面有两个弟弟,娘天生缺少母性,对于子女,感情淡漠。吴大年初中辍学,成为一家之主要劳动力,播种、割禾、担稻谷,一百多斤的担子往她肩上一搁,爹从不心疼。爹见不得她闲着,似乎吴大年应是一头耕牛,必须时刻用鞭子抽打,她忙碌起来,才不算白吃粮食的牲口,爹才高兴。

吴大年背上这羞耻的事,脑海里不断涌出"勾搭""引诱""通奸"之类伤风败俗的行为,思想起从小到大的遭遇,更觉悲伤。她压低哭声,翻出一盒火柴,一根一根地啃,啃了满满一盒,嚼出了某种香味。她期望速死,果然昏昏沉沉地"死"了过去。第二天清早,爹在菜园里喊干活,她才"活"

过来,"活"过来,死的心也没了。

其实,吴大年轻生并非彻底绝望,仅是对现实反抗,宣泄苦闷,自虐。吴大年只盼速嫁,当一盆泼出去的水,永不被这个家里收回。可惜杨向兵并不配合,夫妻关系时好时坏,合无宁日,散也难,一团乱麻理不清。吴大年心灰意冷,听媒人安排,相了一门亲,匆匆嫁给了张子贵。

吴大年忘不了出嫁的情景:几件勉强的嫁妆,家具无非是些旧东西,重新上了一层漆;两床锦缎,由她自己攒下的钱添置。弟弟上学,爹不愿送亲,只有娘和一个姐姐作陪,外加男方接亲抬嫁妆的,队伍零落不堪,一行人走在路上,倒像颠沛流离的难民。

话说张子贵一觉醒来,不见吴大年,方想起她睡在隔壁,过去一看,只见铺盖齐整,人去床空。张子贵屋前屋后吆喝几声,无人应答,倒把自己的娘叫烦了。

子贵娘向儿子诉苦:"她这些天板着脸,像是借她种谷还了糟糠,也不知谁招她惹她了,这种脾性,不改不得了。"张子贵说:"这婆娘,是蛮不讲道理,长了一副牛脾气,爹拍了她后脑壳,她硬说是打了她,回来就和我吵,要爹给她赔不是。这下好,连人都不见了。"子贵娘对吴大年素有不满:"她那脾性,娘家人都不喜欢,嫁过来又被你惯坏,惯得没大没小,那天要不是我拦住,只怕你爹少不了要挨她的拳头。"张子贵说:"那还了得,翻天了。等我来说她。"

张子贵不急不慌用罢早饭,移步到前面的人家,聊了一阵鸡毛蒜皮,回来仍不见吴大年,方觉得吴大年离家出走了。张子贵还是不急,只当吴大年故伎重演,懒得花费精力,等她去闹,过不了几天会自己回来,他只需备好嘲弄的话,在家里等她。

头一天,张子贵胸有成竹,从容相对;第二天勉强镇定,心已难安;第三天只觉备受煎熬。不出一周,张子贵彻底慌了手脚,提了瓶酒,去吴大年娘家打探消息,一无所获。吴大年的两个弟弟气势汹汹,尤其是身强体壮的吴中秋,威胁张子贵,吴大年若有个三长两短,张子贵休想好活。这一家人完全不是十几年前的瘦小软弱,张子贵心有畏惧,觉得自己势单力薄,寡不敌众,无论如何要尽快把吴大年寻回来。

张子贵一路走,一路思想:"这婆娘真的小题大做,脑壳挨长辈一巴掌,有那么大的仇恨,以至于连日子也不肯过了么?她能去哪里,想必是早有安排。难道我在外面卖蚊帐,她在家里偷汉子,这一次正好借题发挥,与人私奔了?"张子贵这么一想,吓得停止了心跳,热血往脑门直涌,赶紧回到家,仔细搜查衣柜,果见吴大年清走了一些衣服,又在中间抽屉里寻见她留的纸条,对先前的揣测确信不疑,当即直奔城里去了。

寻了三天,未获任何线索,张子贵打道回府,又拿了些现钱和衣物，继续进城寻找。遍寻餐馆、茶馆、宾馆，都是答无此人。找不到吴大年，张子贵不能回家，一个男人连老婆都搞丢了，被人耻笑不说，还得吃吴中秋的拳头挨他的刀。张子贵思忖，每日在街上遇到不下千人，就不信遇不到吴大年，于是改苦寻为碰。碰的心态微妙，既显示张子贵的灰心与不确定，又表明了他打持久战的决心。张子贵碰了一段，碰不着，就改守，比如守住某条商业街，一守就是四五天。可惜，此方法也不奏效。张子贵吃面条包子，露宿街头，手上仍是越来越紧，最后攥着仅有的一块钱，在一堆包子面前徘徊。

摊主问是不是买包子，张子贵摇头。摊主问第三遍时，张子贵说他想找活干，管吃管睡就行，不要工资。摊主是个肥硕的中年女人，满脸狐疑，说他这样四肢健全的人，月薪六七百块钱的工作不难找，何必白给人干活。张子贵说他不是出来做工，而是来寻老婆的。

摊主觉得有趣，问详细了，听明白了，免不了发表她的看法："媳妇是嫁过来的，做儿女的可以被爹娘打，那公公打媳妇，说不过去。你女人看重的是你的态度。你寻到她，先要认错，再好好劝说，回去让你爹赔个不是。你暂在我这里干活，包吃包住，另付你四百块每月。"

张子贵从不放弃为自己辩解的权利，现在觉得摊主偏袒女人，照样要辩护一番。摊主一顿教训："你的女人，要的是你的态度。你不明白这个，寻到她也没有用，不如回家反省自己更好。"

且说吴大年无头苍蝇般冲到城里,在街头坐了许久,把周围看熟悉了,才站起来,在餐馆、茶馆或者宾馆前探头探脑,遇到工厂,也隔着铁门问保安是否招工。走了几十家,到处都摇头,直摇得吴大年两眼发晕,双腿乏力。她靠着树根歇口气,决定降低工资条件,只要有吃有住,三百块钱一个月都行。这招奏效,立刻有餐馆愿意试用,叫吴大年拿身份证来做个登记。吴大年想不到,也拿不出来,性急,与人辩理:

"我们乡下从来不用身份证。我人在这儿,怎么会假。"

"你是谁?有没有人担保?"

"我叫吴大年。保证是真的。"

"你总得有个身份证明。"

"家住兰溪乡金塘村第三组。"

"结婚证呢。"

"没带。"

"你们这些人,太没身份意识了。"

"我下次回家补办身份证。"

"那合同也没法签。"

"不签没事。"

"这样吧,工资二百,填个表,就开始工作。"

吴大年一听,松口气,颇为吃力地填了表,卷起袖管就进了厨房，刷盘子洗碗拖地，不遗余力，尽乡下种田的蛮劲。没多久，老板见吴大年手脚麻利，吃苦耐劳，是那种以一抵二的角色，竟主动调高了吴大年的工资，另炒掉一个经常偷懒的员工。

说来也巧，吴大年在餐馆碰到了亲戚，那就是娘家小弟媳米红。吴大年高兴有了伴，觉得城市不再深不可测，连温度也有了，夜里与米红睡一张床，说了很多知心话，把在张子贵家的陈年旧事，桩桩件件摆出来，说到伤心处，眼泪流淌，米红深抱同情与不平。米红常年在城里做工，多少了解城里人的感情与生活，离婚的事不稀奇，但吴大年要与张子贵分开，她仍是诧异。一是吴大年向来安分守己，二来张子贵不嫖不赌，无不良恶习。米红问吴大年，是否吓唬张子贵。吴大年说忍不下去了。米红劝她冷静，一个女人家，离了婚怎么过。

"我很冷静。就是死在外面，我也不想再忍。"吴大年觉得难过，无法表达心中积累的痛楚，不能准确地将压抑多年的苦水倒出来，举了几桩事情，别人听起来，似乎也微不足道，揪心的原因，仍牢牢地生根盘积在心底。"米红，我命差，当姑娘时，娘家像坟墓，嫁过来，婆家就像一口棺材，住在坟墓和棺材里，是死人，我是死了几十年了，现在才想到要活。"

"娘家人不抬起你，婆家人自然会小看你。你这样过了半辈子了，要怎么活呢。"米红遵循劝和不劝分的传统。

吴大年没回答。她仰面躺着，看见屋顶的横梁、青灰的瓦片，想起了过去的一件事。

结婚第五年，家里盖新瓦楼房，吴大年一会儿上屋梁接砖，一会儿下地坪挑沙，哪里缺人到哪里，男人能干的活，她都扛下了。风吹日晒了好些天，房子还没盖好，她突然发烧，下腹疼痛。吴大年没在意，忍痛继续干活，很快就撑不住，跑到临时搭建的屋棚里躺下休息。

不一会，吴大年听到婆婆的声音："干活的呢，哪里凉快去了，也不看看是什么时候，火烧眉毛尖上了，还不想动，这样下去，几时完得了工。"吴大年知道婆婆说的是她，挣扎着爬起来，又立刻倒了下去，痛得蜷成一团，大汗不止。

这时，张子贵急匆匆进来，二话不说，一把拽起吴大年，才觉情况异样，松开手，不耐烦地皱紧眉头，来回踱了几步，说："这婆娘，生病都生得不是时候。这紧要关头，忙得要死，谁有闲工夫管你。"

吴大年脸色苍白，咬紧牙关，忍住呻吟。张子贵走了。过一会儿又来问："好点没有，那边等着用砂浆。"吴大年动不了，只是流泪。二十分钟后，张子贵请来村里的医生，给吴大年打了一瓶吊针，没见好转，这才把吴大年抬到医院，诊断是急性阑尾炎，肠子烂了，晚来一步命就丢了。

吴大年眼望屋顶瓦片，说："娶我为老婆的，把我做老婆看待，收我为儿媳的，把我当儿媳对待，怎么活都行。张子贵只是他爹娘的儿子，几乎没当过丈夫，除了要我睡觉。也没有尽过当爹的责任。米红，不是我咒他，他爹娘一天不死，他一天也不能断奶。"

彼时，米红已熟睡，头枕一张三星手机宣传广告。

这一日，张子贵在包子店干活，忽觉眼前一亮，定睛细看，正是小舅子吴中秋的老婆——白胖圆脸的米红。他放下手里的活计，大跨几步，往街心一站，摊开双手拦住米红。米红吃了一惊，待看清张子贵尖瘦的脸，又吓了一跳，说："子贵哥，你也出来做事了？"张子贵把米红扯到一边："快带我找大年，太不像话，闹了几个月，还没闹够，害我跑来寻她，蚊帐也没出去卖，家里乱七八糟，地也荒了。"

米红不敢莽撞，看张子贵这番态度，只会惹吴大年大发脾气，就推说她不曾见过吴大年。因不想真骗张子贵，米红故意露出破绽。张子贵火急火燎，连带把米红责怪一通："你们以为在帮她，其实是在害她，一个女人，连家都不要了，要什么？你要帮她，就该劝她早点回去。"

张子贵憋了太多要说的话，怨个不停，嘴角积了两团白沫。米红断不清他们的家务事，心里惦着看手机是否掉了价，抽身要走，张子贵影子似的跟着她，米红只得把他带到餐馆来。

餐馆服务员华艳爱管闲事，老远见着了，跑到厨房对吴大年说："米红回来了，身后跟了一个男人，又白又瘦，会不会是你男人寻你来了？"吴大年咒了米红一句，嘱咐华艳去挡驾，自己扔下手中的活躲了起来。

张子贵见不到吴大年，怀疑有诈，又气又急，一屁股坐在餐馆门口，半天不起来。华艳请他不要坐在餐馆门口，影响生意。张子贵见不着吴大年，赖着不走，见华艳模样秀丽，气焰低了几分，被赶走没脸面，索性昂起头进了餐馆，找到米红，严肃地问道："大年是不是有人了，是个什么人，好了多久？"

米红说："子贵哥你尽胡说八道，大年哪是那样的人，每天洗碗拖地不知有多辛苦，腰都直不起来，夜里睡觉直喊疼。你见着了只管好好安慰她，别给她添堵。认个错，让个步，她就安心跟你回去了。"

张子贵皱着眉头，疑窦重重："我认什么错？我人来了，她都不见，我真的不知道她要干什么，到底要闹到什么时候才满意，要离婚，也得当面谈，是什么原因要离吧？我又不是一个二百五。"

米红说："你不要太心急，让大年单独过一阵，都冷静反省一下自己。现在她是餐馆的工作人员，我觉得你至少该尊重她的工作。你把她工作闹没了，她还能找到别的事做，只是更伤和气了。今天你先回去，等我劝劝她，好歹会给你音讯。"

张子贵无可奈何："米红，拜托你多劝她，我这心里面不好受。我怎么亏她了，她这样没完没了。"

张子贵走了。米红与华艳将张子贵的话一五一十学给了吴大年，吴大年忍不住骂道："榆木脑袋不开窍，死到临头还在数落别人的不是。"米红吓了一跳："什么死到临头？"吴大年说："他还以为我闹着玩。"华艳连连摆手："大年姐姐，别说死人这种不吉利的话。"吴大年说："小女孩也这么迷信。你要睁大眼睛，不要嫁错人家。"华艳不服："你和我妈犯同样的错误，女人嫁的是人，不是人家，等我赚够钱，自己当老板，经济独立，自己当家作主。"米红说："当了老板，就不用嫁人了？这里几百块钱一个月，哪年赚得够。你年轻漂亮，应该去夜总会，听说一个月能挣五六千。"华艳说："可以考虑。"

"只怕有比钱更重要的东西。"吴大年说。

华艳问为何物，吴大年避而不答，只说自己要另找工作，免得张子贵来，吵出人命。

果然，次日黄昏，张子贵又来了。华艳对张子贵印象原本极差，觉得他拎不清斤两，自私，狭隘，见面就是一顿斥："见过烦人的，没见过你这么烦人的，大年和米红都辞工了，别问我她们去了哪里，我不知道，知道也不告诉你。大年姐姐也是个人，她当然有自己的想法，拜托你清醒点，死到临头还不知道急。"

张子贵只想着如何招架吴大年，不承想劈头盖脸的有这番遭遇，嘴巴一张一张，竟说不出半个字来。他不晓得哪里得罪了这位姑娘，凶神恶煞似的，和卖包子的摊主一样，都像吴大年的亲姐妹，张嘴就是道理，女人们到底怎么了。

"什么，什么死到临头？"张子贵脸红脖子硬，抓住这根线索。

华艳斜眼看过去："唬我？你当人人都是吴大年，随你吆喝么。我看你可怜，给你解释什么是死到临头：一个人心死，人就死了。回家琢磨去吧。"华艳说罢就走了。

离开村里那池水，张子贵这条鱼呼吸困难，后如死鱼般停住不动，两眼翻白，望了餐馆里一眼，慢慢走开去，想到吴大年这般对他，太阳穴跳得厉害，发誓寻到她，架她回去，她休想再离家半步。

桥南桃花仑居市中心，街道下坡拐弯处，有个铁观音茶馆，门口吊了红灯笼，木头廊柱，雕花窗户红漆门，古琴洞箫琵琶埙，各种器乐交相弹奏，从不停息。耳朵听来似是热闹，进得里面，方知生意清淡，除去零散的服务员，委实找不出几个茶客来。

米红初进门，清一色的蓝色小碎花对襟衫，晃得她眼花缭乱。服务员请她坐，她不敢，说她找人，找吴大年。服务员说稍等，我去转告吴部长。米红误以为吴大年改了名，待吴大年一身灰色西装出来，米红脖子就僵了，像一截木头栽在地里，待吴大年走近，眼神又直勾勾，两束电焊火光似的，射向吴大年胸前的工作牌，认出那几个汉字："部长：吴大年"，这才浑身一激灵，全身筋骨活泛起来，嘴舌却转不圆了，结结巴巴地说:"哎呀,士别三日,那什么,大年,好啊你。"

应是穿了高跟鞋的缘故,吴大年走路的姿势与先前也有所不同。她把米红拉到里边坐下,服务员上了两杯绿茶。米红不喝,问多少钱一杯。吴大年说随便喝,只是普通的茶。米红渴,喝一大口,烫得不敢作声,打着手势问吴大年怎么当了部长,遇到什么贵人。吴大年说:"有天茶馆发生了一件事,客人意见很大,老板觉得我处理及时,方法措施也很好,让我试当楼面部长。"米红问:"老板是哪里人,多大岁数?结婚没有?"吴大年笑:"你一天到晚想当老板娘,总有吃亏上当的时候,也不怕我告诉中秋休了你。"米红说:"我是为你操心呢。前些天,你男人找到我,说他在冰厂搞搬运,手生冻疮又红又肿。后天是你生日,他想看看你,托我说个情。我看他怪可怜的,你就答应了吧。"吴大年略作思忖,说:"他必须答应绝不干扰我工作,更不许拽我回家,如果来了又闹个没完,我死也不再和他抵面。"

吴大年生日,张子贵果然来了,上下拾掇得挺干净,提了一袋富士苹果,两包桂元肉,走亲窜戚般来到茶馆,也不进去,凑近木格子窗户往里瞧。见吴大年一身笔挺西装,和喝茶的男人有讲有笑,眼睛生动有神,张子贵心里一阴,几步跨进茶馆,很不客气地喊了一声"吴大年"。服务员惊讶地望向他。张子贵说:"我是她男人。"吴大年走过来:"小声点儿,又不是在家里,茶馆里有客人。"张子贵声音更大:"我不是你男人吗？"吴大年压低嗓音："我在工作。如果要吵架，等我下班再吵行不行？"张子贵见吴大年低声下气，疑她心虚有鬼，越发理直气壮："我不是来吵架的"，将手中塑料袋朝茶桌上重重一搁："我是来喊你回家的。"吴大年强忍怒火："下班再说。你先走，别影响老板做生意。"张子贵屁股沉下来，稳稳落在凳子上："我点菜，不是，点茶。"

服务员递上茶单，张子贵捡便宜的点了。抽烟，喝茶，看吴大年的屁股忽左忽右，十分从容。这从容原是表象，张子贵没撑多久，便显出烦躁不安之本质，情绪一触即发。吴大年晓得张子贵要闹事，悔不该一时心软，上了他的当，受了他的骗。古琴与洞箫交织的音乐铿锵有声，听起来好似卵石翻滚，山谷回音，瞬间归于静寂。正是这静寂的缝隙，张子贵大喊一声："你跟我回去。"吴大年走过来，回答："张子贵，你不要在这里发癫。"张子贵咬牙切齿："我就是发癫了，我不癫才怪！家里的女人跑了，全村人看我的笑话，丢死人，家里田没人搞，地也荒了，你不知道我挨家挨户找你吗，你还躲，躲起来自己玩得起劲，有意思吗？有想法就当面谈，不想过就算了，躲到何年何月？"吴大年原本急性子，憋到此时，已是忍无可忍，什么也顾不得了，一把抓起张子贵带来的东西，往街心一丢，大声说道："我跟你说过一百次没法过了，要离啊，就等你签字啊，我不要再受你的气，我看见你就讨厌！过生日也不让人安心，你去死，死了我更清静。"

桂圆肉散了一地。苹果骨碌碌地，满地打滚。张子贵眼看着一个滚到车轮底下，一个填了街道坑洼，还有一个滚了很久，一直滚到视线之外，耳边只听得吴大年的骂声："你去死，去死，去死……"声音一浪高甚一浪，打得张子贵晕头转向，放软口气，说："回去吧，家里没个女人，心里不踏实。"吴大年喝道："你滚。"张子贵坚持不休，吴大年抓起茶杯朝自己脑袋上砸，头破血流杯子碎，方才告一段落。

米红先获得香肠厂招女工的消息，说与吴大年听了，又给了中介一百元费用，两人转弯抹角寻到香肠厂。工作是手工灌制香肠，紧缺女工，当即被录用，两人高兴不在话下。

吴大年被张子贵一闹，不得不辞去茶馆的好差使，心里烦躁，一刻也难容他，晓得不可再次心软，便与米红商量办法。吴大年告知米红，休要再充好人，领张子贵前来撒野，害得东奔西走，无安身之地；另外，她要正式提出离婚，问米红怎么办理，是去法院，还是公安局。米红到底见多识广，说城里人离婚找民政局，农村的可能要去乡政府办，我帮你打听一下。

灌香肠的工作不太享受。每天穿着雨靴，两手肥腻，浑身油污，屋子里的气味让人反胃。晚上睡在积水的房间，铁床架在水面上，脱了靴子上床，被子潮湿阴冷，躺进去人半天都止不住哆嗦。

作坊狭小，昏暗。米红仍劝吴大年："离了婚，你会遭罪的。"吴大年用力往肠衣里塞肉:"遭什么罪不是遭,在家里只会憋死。米红,我想挣钱买个小房子,你不会觉得可笑吧?"米红摇摇头:"太难了。"吴大年将封口扎紧:"不,哪怕是二手房,我算过,有可能的。"

"大年,你真的要离婚?"米红如梦初醒般。"我想清楚了。我不是真要他爹给我道歉,只想他做一回丈夫,去跟他爹论个理。你倒看他那泼皮的样子,哪回不发癫。"吴大年额头上贴着纱布。米红说:"他把钱都交给你了,我看你就算了吧。"吴大年咒了一句:"我恨。恨自己的命。"米红说:"有个孩子就好了。"吴大年摇摇头:"不是这个问题。"米红悄声说:"子贵哥问我,你是不是在外面有人了。"吴大年道:"把我逼急了,我真的去找男人。"

这时,有人低声喊"老板来了",大家不作声了,作坊内只听见工作的声响。

吴大年感觉老板在背后缓慢移动,在米红身边停了,弯腰检查米红刚做好的香肠。

"你,米红妹子吧?"

吴大年突然听见老板说话,条件反射似的一弹,扭头望去,这一望不打紧,惊得吴大年大气不敢出,小气出不来,心里波涛汹涌,浪打船翻。

"天啊!向兵叔叔!"米红一声惊叫,满心欢喜。

次日,杨向兵差人传话,请吴大年与米红搬去二楼住。米红高兴，脸上开出向日葵。吴大年面上平静，内里七上八下，不晓得会发生什么事情，不愿搬，仍住水房，打算不久转工。

且说大年照自己脑门心砸了一茶杯，张子贵见血就两腿发软，白脸涨红，怕她砸他，不敢再说一字半句，甚为狼狈地走了。回冰厂扛了几日水泥包，想到吴大年穿上西装，当了楼面部长，心里没一处踏实，暂且不敢去茶馆找她，戚戚然过了些日子，待发了工钱，买得一只纯金戒指，直奔茶馆而去，想到吴大年眉开眼笑的样子，禁不住骂道："死婆娘，这下满意了，乐呵了！"

偏生不巧，张子贵到得茶馆一问，吴大年走了，竟然舍了茶馆部长不干，又躲起来了。到哪里去了？服务员告诉张子贵，她回家了。张子贵不晓得服务员耍他，只道吴大年消了气，回心转意了，不觉心中暗喜。

张子贵马不停蹄，路上转了两趟车，行了五里路，回家天未黑，碰到村里的熟人问话："大年没一起回？俩口子都做工，挣得不少吧。"张子贵心一沉，敷衍几句，埋头往家里赶。吴大年果然不在。张子贵摔门踢凳子，没个地儿发泄。子贵娘说道："她爱在外头野，让她野，看她野到什么时候。不吃点苦头，怎知道家里的好。你也不要去找了，省得我跟你爹在家，心里空落。"

晚上张子贵与爹娘谈起生产的事。子贵娘说："我跟你爹

173

都老了，你爹又得了血吸虫病，干不了体力活，你的身体弱，也吃不消，家里的田承包给人，自己种点口粮地算了。"张子贵不依："现在粮食不断涨价，我家田地肥，包给别人，太亏，再说，种田人怎么能不要田。"子贵娘说："七亩多田，你哭都哭不出来。"张子贵理直气壮："还有吴大年呀，谁家女人比她能干。"

"她，人呢？"张子贵娘鼻孔里挤出几个字。

张子贵感到自己扑空了，跌倒在地，很尴尬。

张子贵郁郁不乐，回到自己的房间，检查柜子，见吴大年又清走了一些衣服，包括她结婚穿的套裙，心里越发不舒坦。吴大年收拾打扮，给野男人看，张子贵恨得咬牙切齿，想起曾有个女人说，吴大年打牌的时候，跟男人态度暧昧，有个男人暗地追求她。张子贵当时审过吴大年，吴大年说："没那事情，是你不经逗，才有人故意逗你。"张子贵后悔当时草率，未做深究。那个女人讲的完全可信，吴大年和人私奔，是早有苗头的了。

张子贵左思右想，无以为证，百无聊赖地打开抽屉，见端中平放一张信纸，捏起来一看，竟是一封离婚协议书。张子贵不明其意，仔细看罢，方晓得是吴大年和他谈判，她为甲方，他为乙方，最后甲方要求解除婚姻关系。张子贵颇觉污辱。又见吴大年想得周全，早在甲方空白处签了名，盖了猩红指印，气得两手发抖，满嘴唾沫星子无处喷溅，憋得额上青筋暴起。

另一页纸上留了米红的手机号码,他若想清楚了,打电话通知她回来办相关手续。

单说这协议书。那一日,吴大年和米红眼见杨向兵是老板,一个百感交集,一个心花怒放。米红云开雾散,对香肠厂好感有加,吴大年则觉雾霭迷蒙,不晓得米红另有所图,自己暗下决心不作久留,避免与杨向兵重提旧事。米红已打听清楚离婚程序,这头一步,便是写离婚协议书。至于怎么开头,中间怎么写,怎么结尾,米红都学来了,末了还告诉吴大年,全是杨向兵所教。协议在杨向兵的间接指导及米红的协助之下完成,事情说明白了,文句也算通顺,吴大年天黑潜回家,放进抽屉,再连夜赶回城里。

眼下,这张子贵捏着协议书,不知如何是好。家里缺了女人,只觉得屋子里每一处都是虚的。他一夜未睡。鸡叫三遍时,坐起来,又读了一遍,仍是火起,骂了吴大年一通,翻箱倒柜,找到半截铅笔,在纸上写道:"离婚,不止死一条命。"

米红搬到楼上后,和吴大年聊天少了,生活有了新内容。单说这晚上十点钟,米红接到张子贵的电话。米红总是关机,耽误他找吴大年,张子贵极为不满。米红说旧手机坏了,才换新的。张子贵要和吴大年谈。米红说:"她没和我一块住。"张子贵紧张:"她跟谁住?"米红说:"你明天上午九点再打。"米红正躺在杨向兵的怀里,有更重要的事情要做,懒得与张子贵周旋。米红比吴大年小七八岁，早在米红初嫁，杨向兵就相中了米红的丰胸，苦于无从下手，不承想她会自投罗网。前不久，杨向兵送给米红一部三星手机，正是米红梦想的那款。米红扭扭捏捏，让出半边床，嘱咐他千万不可让吴大年知情，这正中杨向兵下怀。

张子贵见米红支支吾吾，话不爽快，料想有隐情，只道是吴大年在干丢人的事，恨不能把天捅个洞，将吴大年捉奸在床。他哪肯明日再打，热血上头，先将吴大年骂个够，再求米红告诉他地址："米红，难道你就这样忍心看着姐夫妻离子散？"米红冷笑道："这会儿说自己是姐夫了，我结婚，你连酒都不来喝。"张子贵不接茬，一味地求米红告知住址。这米红望一眼杨向兵，脑筋转几转，说："哪，找到她，打死你也不许说我给你指的路，现在我告诉你大概位置，金发香肠厂，在桥北，靠江边这条线，厂很小，你要仔细花点时间找。"

张子贵急了："江边六七里路长，哪里找得到？"

米红说："你要尽快，说不定哪天她又走了。"

张子贵问："她是不是有人了？"

米红笑笑："我不知道。"

那一日，吴大年趁黑潜回家，在路上碰到自家的狗，见到她十分亲热，狗尾巴摆得高兴，打着响亮的喷嚏，嗓子里还发出尖细的声音，似是抗议这种阔别。狗东西两三日不见，亲热得夸张，从不拿她当外人。

张子贵不在家。房间长期无人住，有股霉味。老鼠爬过窗户的洞，很从容。吴大年顿觉酸楚，心生凄凉。她开了窗户，捡齐整床铺，把东西归类，最后才找出协议书，原以为张子贵会答应找他爹讲理，求她回来，未曾想是那般恶狠狠的威胁。她屁股落在床边，环顾四周，眼泪就落了下来。先是无声地掉泪，继而慢慢抽泣，最后呜呜咽咽的，无助地软在床头。她呜咽一阵，又转向抽泣，后复无声响，抹掉最后一滴泪，在被晦暗的灯光映得模糊不清的四壁中间站立半晌，仿佛完成一种仪式，扯扯衣裳，未待公鸡打鸣，坚决地走了。

据说杨向兵出了一趟差，拿了一批订单，这次大批地招聘新人，工资条件开得也比较优越，准备大干一场，扭亏增盈。吴大年出嫁后，对杨向兵之事所知无几，只晓得后来他还是离了婚，出了村，做过小买卖，混了多年，至今不曾再娶。事隔多年，吴大年仍是爱怨交织，只是身为人妇，不去细想当时。

不巧，这一日晚饭后，吴大年回宿舍，被杨向兵堵在胡同里。吴大年无处可躲，站着不动，拿眼数墙砖。杨向兵邀吴大年去喝茶，比村干部斯文有礼。吴大年更是拘谨，只说她不渴。杨向兵说十几年不见，随便聊一阵。吴大年推辞不脱，同意在附近江边走走。江边人行道上，梧桐成行，走过一棵又一棵，冷风一吹，吴大年慢慢地清醒了，自然了，话也多了起来。吴大年最终发现，她和杨向兵都是有理想的人，只是他的理想大，要造福村里人，办厂挣了钱，将来给村里修路，在村里办更大的厂，让村里老少都有工作，家家都富裕起来；她的理想，则是一定要张子贵服软，找公公道歉。

吴大年想起自己的婚姻，几欲开口倾诉，终觉难堪。这一次，话刚咽下去，杨向兵就问及她的家庭。吴大年回答过得去。杨向兵说你很辛苦，我都晓得。吴大年又是一阵难堪，晓得是米红多了嘴，心里咒了米红，便沉默下来。她感到自己累了，软弱了，稍不克制，就可能倒向杨向兵。漫长的岁月迫使她低下头，十八岁的姑娘人老珠黄，而杨向兵年富力强，自己空洞单薄，不堪一比。即便杨向兵说她"成熟了，比当年更有韵味"，吴大年也只是将头埋得更低。

往事毕竟稀薄。吴大年感慨几遍，回到现实时，对杨向兵已有新的情感，如在荒漠独行时，遇到清水与绿洲，心头仍是快慰。不承想杨向兵则另有所图，为十几年前道歉，欲与她同床共眠。吴大年颇为失望，忍了脾气往回走，杨向兵心不死，一路尾随，说他一直想她。

再说昨晚，张子贵得米红指路，连夜到江边寻了一通，未有结果。今日夜里，江风呼呼直灌，江水迷蒙，张子贵沿江接着寻找。脸被江风吹得刺痛，觉得城里比乡下要冷得多。不免想到往年这个时候，坐在火炉边，运气好，抽一支"白沙"烟（"长沙"烟也不赖），喝杯热茶，心里心外都是暖的，或者打点耍牌，日子神仙一样，只怪这婆娘生事，害得他也有家难归。

张子贵一路想，一路找，脖子长了，眼花了，一路也不曾闻到香肠厂的气味，只有一个乞丐，戴顶烂毡帽，一身破棉絮，缩在垃圾桶边。这时节已寻得差不多，张子贵已经不冷了，嘴里喷着热气，不急不缓地逼近剩余的每一处。不多时，张子贵看到一块灰色木匾，不够板凳宽，不及扁担长，上面几个拳头大的黑字：金发香肠厂。大喜过望，四下里一环顾，也不进厂，倒退了几步，躲到梧桐树后，贼似的探出半只脑袋，盯紧香肠厂的小门。

张子贵手背的冻疮奇痒难忍，便借树皮的粗糙磨痒，磨得龇牙咧嘴，吱吱吸气。巧也不巧，正是这时节，吴大年忍了脾气走在前头，杨向兵紧跟在后，仍在表白他的感情，不惜赌咒发誓。张子贵见此情形，血脉偾张，恨手中无一物可使，双手乱掰，竟从废栏杆上扯起一根锈铁棍，飞奔过去，照准杨向兵脑袋一番乱棍猛打。

张子贵不曾使用过凶器，不晓得铁棍的厉害，见血星四溅，男人扑倒在地，手脚抽搐，方知要出人命，也顾不得吴大年，拔腿便逃。

杨向兵失血过多，到医院就死了。

单说张子贵棍打杨向兵时，吴大年看得仔细，不喊也不叫。铁棍与脑袋的撞击之声，清脆悦耳，吴大年恍惚回到茶馆,身穿灰色西装,脚踩古琴节奏,为客人倾壶,茶叶开花缓慢沉落,水霎时就绿了。念及那喝茶之人,年纪四十好几,面相憨厚,多次拿眼光向她示好,举止从未轻浮,反有父爱之仁慈,自张子贵到茶馆一闹,不复见此人,心头甚为惆怅。及见杨向兵倒地抽搐,张子贵仓皇逃遁,吴大年并不急于呼救,倒想及张子贵的威胁:要离婚,不止死一条命。吴大年晓得,张子贵做得出来。眼看地上奄奄一息的人命,吴大年突然发现希望:倘若杨向兵一死,他张子贵的命,就看她怎么处置了。于是又拖延片刻,方才喊人救命。

警察录取口供,吴大年讲述事发过程,言灯光太暗,未看清行凶者模样,不晓得从哪里冲出来,猛击杨向兵脑袋,她不曾见过这种场面,吓得喊不出,叫不响,完全傻了。警察又问其他情况,做了记录,见她惊魂未定,安慰她几句,说杨向兵欠债很多,少不了有人蓄意报复。

杨向兵死,米红头一个受惊。自从与杨向兵做了野鸳鸯,米红虽图了小利,获了安逸,终归是遮遮掩掩,少不了每日里提心吊胆。如今闻得杨向兵被人棒打至死,几近魂飞魄散,只道自己脱不了干系,多方猜测,竟怀疑自己的男人吴中秋所为,或是他闻了风声,进城来干了这桩厉害事。

米红心里七上八下,往家里赶。一是给杨向兵家里报信收尸,二是打探吴中秋的虚实。途中想及杨向兵死了,工钱无处讨要,真个是爹死娘嫁人,竹篮打水一场空,好不懊悔。然而，天灾人祸，孰能预料，非自己能左右的事情，自然不当自己后悔，只是遗憾杨向兵开出的空头支票，尚有多张未曾兑现，如今活人成死鬼，承诺泡了汤，既不能追至阴曹地府随了他，只有作罢。不若多思想吴中秋，这般及那般，皆须应对有方。

愈近村口，情愈怯。米红远远望见自家门口一桌牌，及至看清吴中秋的脸，心便落下来，稳稳停当一处。吴中秋见米红回来，倒有几分突然，赶紧下了场，陪米红进屋说话。听米红说杨向兵被打死，工钱无处讨，吴中秋不胜惋惜（不晓得惋惜人命还是工钱），转身迫不及待地将杨向兵被打死的消息撒给门外的人，供大伙消遣了好一阵。

夜里，米红与吴中秋商量，一起进城做点小生意，虽说小本小利，但踏实稳妥。吴中秋舍不得牌桌边的好日子，推说爹身体不好，最近咳得厉害，他理当在家尽孝。米红听罢讽刺道："我自嫁过来，你爹哪天不是这样咳？你还说得出尽孝两个字，不怕人笑掉大牙。你爹若拿对你十分之一的好对待大年就好了，她何至于受婆家欺负。"吴中秋说："我看大年脾气硬，婆家也不敢怎么欺负。"米红："大年要离婚，张子贵不肯，扬言要弄出人命来。"吴中秋说："何至于离婚，大年外面不会有相好吧？"米红心惊肉跳，幸好夜里黑，脸红也看不见，便将吴大年怎么躲，张子贵怎么寻的事情一五一十地讲了。吴中秋噢了几声，听见他爹在隔壁连续咳嗽，吐痰的声音清晰可闻。

米红在家住了三日,吴中秋同意进城做麻辣烫生意,但得米红先租好房,看好地盘,待一切就绪,他方才过来当老板。

米红先回厂捡拾衣物。到厂门口一看,只见门上有锁,且打了封条,门的右上方贴着一张告示,白纸黑字写着杨向兵是诈骗惯犯,在全国各地骗取订货单,以高薪酬劳聘请劳工灌制香肠,拖欠工钱,最后一走了之,躲到另一个角落故伎重演,周而复始,如今是捉了死人归案,特此告知。

吴大年春风满面,额前刘海别到一边,竟有两弯柳叶眉,令人颇觉惊艳。眼睛虽说不大,此际蕴蓄极其丰盈的情感,倘若变成水珠子溢出来,断不是泪。她正在回家的路上,内心快乐如鸟,叽叽喳喳,晓得此番回去,定有好戏可看,早已忍不住欢喜,不曾有半分愁苦。下汽车后,她买了一颗槟榔,嚼得忘情,到村口唾在路边,主动和人打起招呼来,遇特别相熟之人,还要小伫片刻,大声说笑,均不在话下。

张子贵正躺着抽烟,见吴大年进门,嗖地弹起来,仿佛是吴大年一脚踏中了机关。吴大年佯装平淡,心里晓得,张子贵是被鼠夹子夹住的老鼠,命被她攥着,果然不再威风了。张子贵迟疑片刻,清了嗓子,扬声道:"大年,你回来啦!"突兀之声将吴大年吓了一跳,她晓得他是喊给他爹娘听的。果然,没几分钟,子贵爹娘一起来了,因为争先恐后,两人几乎是挤进门来。子贵娘显出阔别的热情，抓住吴大年的手，脸上肌肉没哪处不因笑而牵动。子贵娘从未笑得这般狠，连牙龈都不顾一切地展露出来，贴心话一句接一句。子贵爹被晾在后头，横竖插不上嘴，加之说话本不利索，早有猴急之态。待子贵娘放下大年的手，子贵爹瞅准空子，说道："孩子啊，回、回来就好，爹不、不该打你，爹向你赔礼、道、道歉，要是还不解气，就打爹一、一巴掌。"

吴大年应接不暇，未曾料到好戏开场如此之快，竟有些不知身在何处，一时不能完全从先前的小心谨慎中走出来，不知如何应对，索性扭身走开。子贵爹只道吴大年不原谅自己，急得不行，跟在后头"啪啪"打了自己两下。吴大年听得一清二楚，着实吃了一惊。原先只晓得子贵娘嘴皮薄，能说会道爱做戏，不料想平时节老实巴交的子贵爹，演起戏来也是毫不含糊。她见张子贵在一旁犯错待批的蔫状，晓得他想什么，便说道："爹怎么还记得这事，我跟子贵说过，不怪爹。是不是，子贵？"张子贵早就矮了一截，待要伸直腰，见吴大年笑面虎的模样，又缩将回去。子贵娘忙打圆场，念及大年在外面油水差，吩咐张子贵去砍几斤猪肉回来。说话间，已从腰间掏出钱来递与张子贵，说从今往后，一家人和和气气过日子，一面又嘱咐吴大年好好歇息，待饭香菜熟时，再起来吃饭。

仿佛贵客临门，几个人分头忙活去了，吴大年留在房间里，思想起往日光景，两相对比，心里快活自不待言说，在这家人面前，到底生出几分神气来。打量四周，发现窗玻璃要换，被套用了十几年，该添新的；梳妆台油漆斑驳，拉环掉了，抽屉打开合不上，合上打不开；衣柜门咯吱作响。对于张子贵一家鞍前马后，唯唯诺诺，吴大年心知肚明，演不花钱的戏，点个头哈个腰，不伤筋不动骨，经济实权牢牢在握，并不曾真正损失。吴大年要的，远非这表面的功夫，张子贵的命，亦不至于这般廉价。她在外头多少长了点见识，晓得坐稳这家中的第一把交椅，才算得扬眉吐气。

吃饭时，子贵娘给吴大年殷勤夹肉，又拣好听的话说与她。吴大年嫌子贵娘说话太过油腻，言不由衷，更觉反感，一低头，看见桌子底下啃骨头的狗，便叫它一声，狗随便摆了几下尾巴，甚是敷衍，吴大年便骂道："狗东西，变得真快。"

夜里，张子贵把新买的金戒指拿出来，给吴大年戴上，说了些甜蜜话语。

"公安局的人说，杀人要抵命，绝不能让犯罪分子逍遥法外。要我想起什么来，及时通知他们。"吴大年把这句话挂嘴边，倘有人不顺她意，就将这话摘下来，摆弄几下。听者害怕，吴大年得逞，从家具更换，到床褥新添，全遂了她的意。吴大年将自己赚的钱，一分不遗地存了，张子贵出去卖蚊帐，所挣之钱，一文不少地交与她，仅此不够，吴大年晓得子贵娘手中有些积蓄，想方设法要挖掘出来，让她尝尝伸手讨钱的滋味。

回家这些日子，吴大年养懒了，也养得眉目清秀起来，口味越来越刁，尽想吃不在季节的蔬菜。这一日，外面日头朗朗，只因吴大年想吃小白菜，子贵爹肩挑大粪，子贵娘抱着一包菜籽双双去了菜地播种。

张子贵提心吊胆过了一阵，尊娘所教，待吴大年如救命恩人，纵使心里几分不情愿，到底怕坐牢，怕偿命，不得不压了先前的性子。眼见事情淡了，想到她终归是自己的老婆，便生了闲心，要把她从恩人的神座上搬下来，做自己的女人。吴大年有意推而不就，只问张子贵这些年交了多少现钱与他娘，何事花钱，花了多少，她心中有数。

"从前比不得现在，我不想当你的什么恩人，家里挣钱靠你，这里里外外的事，理当我来操心，你娘到了该享清福的时节了。将来过世，我这做媳妇的，少不了给她买上等的棺材。"

张子贵说道："这样的话你千万别对娘讲，娘活得好好的，恐怕被你气出个三长两短来。钱都建了房子，也不晓得还剩多少，回头我问问娘，把折子给你保管。"

吴大年嗯了一声，接着说道："我这些年身体吃了亏，现在感觉不行了，天气一变就周身疼，别说挑不起百斤担子，就是空箩筐也吃力了。你不想我死得早，就下田干活，支持我调养身体，省得外人以为我好吃懒做。另外，这么些年，我爹那边，我没尽过孝心，今年是他七十大寿，可能会花费大一些，你不要埋怨。"

"你一直恨你爹，怎么想起尽孝来了？"张子贵不晓得吴大年中了哪门邪，说的想的都变得古怪稀奇。吴大年只笑不答，眼里有股冷意，令张子贵脊梁骨冷飕飕的，仿佛面对的只是一个阴魂。

且说说吴大年的爹，这个唤作吴有德的老头，日子从没宽裕过，手上略有积蓄，就被儿子们"借"了，一年到头小病不愈，舍不得吃药，儿子们习以为常。嫁了的女儿，也不常回，回来也不亲近，权当走个形式。吴有德多少有些落寞。倒是吴大年最近回得勤了，不仅带来川贝枇杷之类的止咳药，还有吴有德嗜好的烧酒，烟也是好烟，走时还留点钱，嘱咐他多吃肉。都晓得吴大年如今在婆家当家作主，只料想不到，她会将诸般好处带回娘家，孝顺曾经想溺死她的爹。

有一回，吴大年扯了块布料给她爹送过来，又帮娘烧了几个菜。吴中秋随米红去城里卖麻辣烫，只有两个孩子留在家里，外加大弟弟吴国庆一家四口，一共九个人吃饭。大呼小叫，热闹景况自不待说，正值其乐融融之际，吴大年笑着说道："爹，他们说我刚生下来的时候，你把我抱到水塘边要溺死我，我不信这些胡说八道，爹怎么是那种狠心肠的人。爹，你多吃肉，这肉炖得很烂了。止咳润肺药一日三次，要记得吃。夜里少打一点牌，多喝我带的普洱茶，你年纪大了，自己要多注意身体。"

吴大年不紧不慢讲完，起身给自己添饭。孩子们闹得一团糟，米红的小儿子摔倒了，打碎了碗，吓得大哭。大人们一窝蜂处理孩子的事情。吴大年瞟了她爹一眼，见他投箸停杯，面有愧色，晓得溺她之事不假，人言虎毒不食子，孰料人不如畜生仁慈，心头难过。

村人眼见吴大年孝顺，每每说起，均啧啧称叹。古语话，棍棒底下出孝子，全然不虚。久之，训教子女时，无不以大年为楷模，对吴有德羡慕有加，少不了当面奉承，吴有德心中有事，愈加闷闷不乐。

吴有德七十大寿，甚是热闹。单说吴大年买的鞭炮，就放响了一个下午，张子贵心疼，恨吴大年烧钱不手软，无计可施，少不得张嘴同乐。

晚宴主食是面。每桌摆有七八个菜，皮蛋、辣椒萝卜、花生米、小炒猪肝、剁辣椒，等等，多为下酒所用。大家喝得高兴，吃得痛快。席间有人说道，吴老倌，养女好啊，到老来享的是女儿的福。众人附和。吴有德正夹一粒花生米，手一抖，花生米砸在碗碟边上。吴大年给大家添酒，说道："当然是养儿子好，女儿总是别人家的，谁家愿意生个姑娘，白养十几年？"

吴有德闷头喝下一杯，显了醉意，红了眼圈，浑浊的眼睛里，几乎要掉下什么东西来。无人见过吴有德哭，也无人相信吴有德会流眼泪。灯光晦暗，人声嘈杂，这一瞬间完全被忽略了。又过一阵，吴有德喝醉了，吐了一地，被扶回房间。这才有人低声说道，吴老倌好像不大快乐，是对大年愧疚呢。吴有德坐在昏暗的灯光中，脸上老泪比灯光明亮。他坐一阵，站片刻，腮部肌肉颤动。外面划拳喝酒的叫声依旧热闹。他感到那些热闹的叫喊声十分刺耳，他从来没想到自己会享女儿的福。这福烫着他的良心，烫着他八分醉意的头脑，烫着他纵横交错的脸皮。他强烈渴望再来点酒。他看见窗台上的农药瓶，他拿在手里，抱在怀里，然后拧开了瓶盖。

饭后茶余，到了放烟花祝寿的时候，吴有德还未起床走动，大年娘唤他来点烟花，进房间便闻到房间有股农药味，便觉不妙，喊他不应，叫他不醒，一摸，早已气绝。喜事变丧事，连夜扎灵堂，做道场，哭声一片。吴大年只是泪落如豆，并不曾哭出声来。

米红向吴大年诉苦，说生意做不下去了，悔不该叫吴中秋进城，现如今，瞒着她与妖精勾搭成奸，华艳是个婊子，她早就看出她不是好东西。

此时，吴大年已掌经济大权，成为一家之主，调遣那欺软怕硬的公婆，使唤张子贵，均不在话下，早练得果断、条理分明，摸透了人心。听米红讲罢，吴大年问她是否原谅中秋。米红纳闷，说原谅如何，不原谅又如何。吴大年说道，不原谅就离婚；原谅就扯平了，谁也别戳穿，继续过日子。米红心里咯噔一下，佯装不解。

吴大年不急不缓，说："你和杨向兵，我早知道。中秋那边，我来跟他谈，你的事，我也不提。都回家算了，养猪、种菜，照样挣钱。另外，你在家要对我母亲照顾周到。"

吴大年一番话，令米红脸红心跳，既尴尬又狼狈，没想到吴大年竟然处处心机。她权衡左右，依了吴大年所讲，保全声誉和家庭，私底下却怨她使用挟制手段，却又无可奈何。

吴大年将张家上下钳制，并不胡作非为，当家作主，倒也有条不紊，久之，竟使公婆真心归顺，张子贵心服口服，吴大年也松了钳，家庭呈现美满和谐之态。为弥补无子之憾，吴大年几番进城，烧香拜佛，请菩萨送子，不出几月，果然腆起了肚子，张家上下欢天喜地。

只是有多事者传言，吴大年是找菩萨借的种。

2006年10月10日　广州穗园西街

缺乏经验的世界

屏幕打出列车晚点的红字。女人退到偏僻角落，背靠廊柱，敛身密集的高级动物当中，嗅着雌雄混杂的气味，混沌无边地想了些人世间的事情。时为三月十七日，周六，蒙蒙阴雨。女人平素喜欢城市的哭哭啼啼，感觉骨子里的风情曼妙，也似这般得以释放，与那个佯装冷静、要解析世界与人性的所谓作家毫无关系了。

列车持续晚点。上帝在为女人安排什么？未知的遐想被女人揉搓，如手中的车票皱得面目全非。无聊中研究了一番车票的皱褶纹理，想到过去的感情，正是由于缺乏耐心而毁在手中，便觉有只经验的毒蜂扑过来，将心蜇肿了一大块。不久，经验使女人从容摆脱困扰，恢复理性。它如毛发丛密的小动物，随时跳上女人的双膝，供女人暖手。女人习惯性地回到"作家"的身份上来，疾速消除了心头的肿。畎物群中的雌雄相偎，瞵不明职业者的愚钝腌臜，看身着西装蟹行的腽肭雄性，睐小本商人横系的腰包，睹髯鬐艺术青年指上盔甲般厚实的戒指……女人暗自捕捉那细微处暴露的人性隐秘，有着白色运动服的雄性打眼前穿行，如鹤过鸡群，不知私下里他揽了谁入怀中。

没有行李，寻号入了座，扫一眼对面的空位，数车窗上的雨珠，回到"女人"的身份，愁肠百转起来。旅客稀稀拉拉的上了车，树苗般栽进座位坑里，生长各自的情绪。一个圆脸姑娘在女人旁边坐了。女人占了她靠窗的位子，她并不介意。女人与她无话可说。

似女人这般年过三十，颇具生活经验的人，对感情早无怨怼，怀已不揣小鹿，也无赓续旧好的心思，生命的辉煌时期大概就如草原日落般，蒙上了昏昧。不欲赘述感情历史，若说早无蛊伤，自然是不可靠的谎话。虽时有对某人的鹄望，但也淡焉若忘了。此时女人只生妄想，若得遇个风华正茂的雄性，两相情愿了才好。

猝不及防，女人故事的主人公出场了。女人无法描述他粉墨登场的细节，因为他简单的身体堵住了所有丰富词汇的发源地。一小段无声与空白。他及他的伙伴于女人对面坐下。词汇开始跳跃了。比词汇碰撞得更厉害的，居然是女人这颗经验丰富的雌心。雌心激动的女人慌乱中想起此次出行未曾仔细梳妆，兼有游走数天之后的疲惫，容颜定是大打折扣，不禁懊恼得要命。她以指代梳，低头弄发，发梢偏又打了结，她不得不在头发上做文章。该死的经验此时也失去了理智，并不予以她刀枪不入的沉稳，反使她狼狈不堪，以致她被自己的心理及行为羞得脸红耳热。

女人整理好自己，抬起头，见桌上多了两瓶饮料，一瓶淡蓝，一瓶橙黄。"佳得乐"，百事公司的产品，瓶盖上的价码条上标价六元。饮料的主人手指灵活地玩弄手机。毕竟年少，他们不曾察觉女人内心的搔首弄姿。与圆脸姑娘对座的，着白色运动服，正是那候车室里鹤过鸡群的少年。女人于穿蓝色运动服的少年对面，隔着他的半瓶橙黄饮料。女人感到阳光穿透阴霾，散发耀眼的光芒。彼此不说话。陌生的气氛内里游走一丝拘束。车厢空位很多，他们没有另择座位，宁愿时刻留意碰到对面的脚。女人将此擅自看作成熟女人的魅力。上了年纪的女人，会犯自作多情的毛病，并认作经验判断。女人内心深藏的秘密，在白衣少年偶然一瞥中复现——他用目光点燃了腐烂的灯芯，女人寂寞的小黑屋霎时四壁辉煌，一个少女返回女人的体内，血液羞涩倒流。

女人尝试描绘他的样子，却感到词语无不色淡味寡。你若明白一个经验丰富的女人，她既想引人注目，又恐举止儇薄，内心龃龉不断以及奚幸作态的焦灼，必定明白花笔墨描述少年的外貌实属多余。女人敞开的是经验的世界，经验的世界在缺乏经验的世界面前，如何适度？他距女人不过三尺之遥，他们彼此各看手机信息，窃笑亦无邪。他外套的拉链仅拉了半截，露出一片V形肌肉，粗质的银色项链圈了一只大戒指，落在两股突起的肌肉中间，胸脯传递出力量的讯息与色彩，令女人目眩神迷。完美的雄性手指，既刚劲又柔和，不留指甲，指尖干净，手指关节处纹理柔细，它灵活地摆弄彩屏诺基亚，不时弄出一段音乐来。

女人独居。无性久矣。春梦困扰时想起自己还有身体，腿抻至大床的另一侧，蓦地蹬了冷的虚空，便觉一张床比世界还阔，茫茫心似苍穹，望不到头，叫不得苦。人前装模作样地快活，掩饰春梦的冷痕，谈笑不羁，是不得人惜的那类女人。"作家"的身份与头衔，背在身上，虎皮似的，唬走了食草动物，食肉动物也只是远远地观望，不敢靠近，女人唯有舔爪子消遣了。若说舔爪子是为了更好地扑向猎物，这场面倒有可期待之处；但舔爪情景，分明是对丰富身体资源闲置的怜惜与幽怨。这便是经验的后果。经验使女人一眼就能判断出猎物的肉质口感；从它奔跑跳跃的姿势认知它的体重与高度；由它嗷叫的声音准确评断出它的年齿；闻它散发的气味，就知道它灵魂的洁净与脏乱……经验使女人心灰意冷，经验使女人对猎物倍加挑剔。

此时，女人这头雌狮，面对散发如此迷人气味的猎物，垂涎欲滴，却只有对自己突然丧失的攻击性以及无能为力地追逐深感悲哀。他那么肆无忌惮地展示自己体态，对雌性的欲望必已熟透，在他缺乏经验的世界里，他将遇到同样缺乏经验的妙龄雌性，他的兴趣是否仅止于此？他理解女人的欲望吗？会向女人开屏吗？女人将如何进入他的世界？女人对他的幻想随着他的手指越来越灵活。在经验丰富的雄性面前，经验使女人翛然自信，此时的经验，却成了女人的羞耻之物。花因风落了一地，叶子正绿树梢，女人甚至想起残花败柳这样的词句来。

只有两个小时的车程。车轮的节奏在催促女人抓紧时间。少女的女人。颓败的女人。斗争的女人。现实的朔风扑灭了所有幻想，陷女人于尴尬。女人不能像少女那样天真烂漫，即便是最漂亮的母鸡也无法如蝴蝶那样蹁跹起舞；也不甘心像他年轻的母亲那样满目慈爱，女人动机不纯。他内心如何看待面前的女人？他完全可以将女人归类为老女人。老女人必将依赖经验，摸着石头小心过河，避免自取其辱。

火车开出十分钟后，一个充满庞大繁杂情绪的女人再次蜕变为"作家"。这个置身事外的身份，在关键时刻起了令人厌恶的作用，女人怀着自卑与羞耻感打算和他搭讪。

你们是学生吧。女人这样问道。女人很愚笨，以女人的经验，完全能准确地判断出他们的真实身份。不过，女人很快满意愚笨所呈现的缺乏经验的假象，这更接近他的世界，并为他的回答提供空间，他的态度将是女人把握他内心风向的重要航标。

他们一起望向女人，面有浅淡惊讶，但旋即被一种与陌生女人说话的腼腆覆盖。女人突然想起五年前，在软卧包间里遇到一个航空学校的少年，相互吸引。女人那时经验匮乏，完全没有具体到雌雄之事上来，相聊甚悦，一夜两床对卧，略有胡思乱想，未敢轻举妄动。经验使人混浊和龌龊，如女人此刻，内心的复杂欲望向清澈的溪流奔逐，另一种品性在阻止女人——当人们以经验自居时，不知还有几人识得缺乏经验的妙处。

我们是运动员。他抢先回答。似是得意的。另一个笑了，继续把玩手机。女人听他说话，魂自丢了半爿。他们是运动员。这并不奇怪。他们的一切外部特征都准确无误地提供了这个信息。他还补充，他们是专业运动员。女人再次雌心蠢动，并且扭捏作态，女人感到自己使用的身份越来越含混不清。

专业运动员呀，是打篮球的吗？女人这样问道。女人是个体育盲，在专业运动员面前，女人乐于呈现缺乏经验的世界。经验引导女人维护他作为雄性的自信，再用自己的经验使他节节败溃。

不是。身高不够呀。还是他回答。女人问他有多高。他说一米八九。看他说"一米八九"的样子，女人又丢了半爿魂。他说了一句热，脱了外套，将衣袖捋过关节肘，亮出半截胳膊来。女人的心被烫了一下，兀自热了好几度。女人委实不愿告诉你，他的眼睛如何，鼻子怎么样，他笑的味道，牙齿是否洁净齐整。女人压制内心满载经验的癫狂,佯装寡淡纯真,目光不在他质感可触的肉体上做文章,只是笑道,一米八九,挺高呀,拿巨人姚明相比当然不行,不是有个一米六八的篮球明星吗?打球还是讲技巧的吧。女人这么说着,"技巧"一词产生的歧义在女人内心衍生一种暧昧和下流,女人不由诅咒这种受中年浊男污染所致的低级趣味的思维定势与习惯。女人简直是一股突然卷入清晨的废气,即便他的肉眼看不见这一缕污浊,女人仍然为此羞赧。女人努力使语调口吻符合他的说话习惯,一面嘲笑自己像花枝招展的色衰妇人,或者是春情错乱的花痴。

其实是别的原因啦。篮球足球乒乓球之类的队伍太壮观了,打出名堂来难。我们打的是冷门。他说着,望了女人一眼,并有几秒停滞,女人顿觉面上清凉渗透。他不厌女人。女人不忍向你描述他的好。原谅女人的悭吝,女人要独享。他像打球那样,将回答抛向空中。什么冷门呢?曲棍球?女人绞尽脑汁想出一个十分陌生的类目。不是,手球。他答。女人噢了一声。知道手球吗?他问道,不许女人敷衍,那表情,那腔调,竟使女人有几分晕眩。女人老老实实摇头,希望他看着自己,一刻不停地讲下去。

手球一九二〇年起源于欧洲,与篮球在美国冒起的时间差不多,现在全球都普及了。它像篮球,基本上是篮球加足球的混合物。有一些规则都是由篮球的规则转变而成的。手球的体积小，很容易控制，也比较容易打出劲力。一直沉默的圆脸姑娘近乎专业的解说搅乱了女人对他的幻想，女人无奈扭转头，对圆脸姑娘以示敬意。

女人不耐烦圆脸姑娘加入谈话，这意味着她要瓜分他的好，更何况，圆脸姑娘与他年纪相仿。女人希望结束手球话题，无奈出于礼貌，女人还需配合提问，倘有幸考倒圆脸姑娘，她自然就闭嘴了。颇为不测的是，圆脸姑娘竟然所知甚多，比如手球比赛一九三六年第一次现身柏林奥运会，当时还是在露天的足球场上进行比赛，在一九七三年的慕尼黑奥运会上，才正式转入室内进行，一九七六年又增设了奥运会女子手球项目等等，有条不紊，滔滔不绝。女人听得倒抽冷气，对圆脸姑娘的见识赞赏难饰，夸了她，索然无味中看车窗之外。

窗外墨黑，恍惚已至夤夜，车窗玻璃变成了镜子。从这个特殊的角度，女人看见了他，还有自己。该是何等优秀的父母，养育这么一个他。女人如何从浑浑噩噩的经验中剥离，和他缺乏经验的世界融为一体；如何跨越经验之门的遥远，回复质朴如初的年龄——女人愿不惜一切，与镜中的他连通。依稀灯火在他的脸上幻灭。女人感到他正强有力地渗入自己的骨髓，嵌入残存的魂。何以如此，女人的经验无法抗拒，也无法解释。

呵，手球正式转入室内进行应该是一九七二的慕尼黑奥运会。他抚玩手掌的趼子，说道。圆脸姑娘玲珑一笑，并不愧作，气氛比之前略显轻松。女人只问他，手球是怎么打的。他答，手球比赛每队七人，用手进行传球、接球、拦截和射门等动作，球速每小时高达一百公里呢。手球比赛是快节奏的，每场比赛分上下半场各三十分钟，中间有十分钟的休息时间。进球多的队获胜。

女人点头。近段看黄健翔的天天运动会，恰好培养了体育兴趣，虽不曾看过手球，经验却助女人说出得体的话：看来，手球除了要求很好的体力及过人的技术外，合作相当重要，那有些什么比赛规则？可以走步带球么？

他放弃双手，看着女人，说道：是这样，开赛时，一名球员一只脚站在中线，把球传给后场的队友，接球的队友至少应该在三米外。进攻队员必须设法骗过守门员，把球打进三米宽两米高的球门。但是，除了守门员以外，任何人都不能进入球门区。除了小腿和脚，球员可以用身体上的每个部分接球、传球。球员在传球、拍球或射门前，球在手里最多只能停三秒；每人持球后只能走三步；如果拍了一下球，还可以再走三步；三米同时也是扔点球的点。抢球球员可以用身体其他部分阻挡其他球员，不允许从对方手里偷球或打球。

真是速度之战。你在队里表现怎么样？女人不在意比赛规则，被他说话的样子蚕食，瞬间只余零碎残梗。我呀，表现平平。有点不想训练了，太辛苦了。他摇头。那模样，就是个孩子，吃尽了训练苦头的孩子。女人心里一疼，不知所措。女人问,是自己选择的手球吗?他答,不是,教练看中了。女人问,文化课怎么办?他答,每周会补一点。女人问,你是哪里人,河北?他答,没错,河北。

指天发誓,此时的女人心地纯正,毫无杂念,突然摒弃了生理的欲望,零余残梗因为母性萌发,长成血肉丰盈绿树,欲为他遮一片风雨。女人问他,一个人在南方,哭鼻子没有。他笑,没有啦……哦,有一回,我妈送我,我转身时鼻子酸了一下。呵,那你呢,你是哪里人?女人说,湖南人。

真的呀?湖南哪里?圆脸姑娘死而复苏似的,抓住"湖南"这根稻草,游了过来。她表现出缺乏经验的惊诧,那自认好看的夸张表情,显然是扮给对面看的,这难逃女人的经验。女人脸朝她,心向他,客气地答出"益阳"二字。圆脸姑娘说她衡阳的,是第一次出远门。女人提醒她,出门在外,"小心包哦"。对面二位同时笑了,他重复道"小心包哦",女人不知内里有什么名堂,嗔了他一句,立刻意识到自己在撒娇,不觉赧颜。他或许有所洞察,那诡谲的神情,轻易掰掉女人半爿魂。女人一度陷入无经验的窘境,对他吃拿不准,看似如青年沉着,又处处显露少年无邪,雌雄之事,他究竟掌握多少?

圆脸姑娘唠叨出门的心情,女人听来聒噪。她终于闭嘴。女人和他的对话已无法衔接。他退到自己的世界,频通短信。女人和他的距离越发不可丈量。忧伤自经验的裂缝流淌。他是否喜欢循规越矩。女人如何向他传递内心的震荡……正愁得没摆布处，他调出了手机音乐，桌面上手机彩屏闪烁。完全陌生的歌。女人问他谁唱的。他答，周杰伦呀！他变了风格，咬词很清晰了。女人说怪不得，曾经喜欢周杰伦的"东风破"。

流行周杰伦的"东风破"时，女人正和已婚雄性水深火热。那是经验中的一笔。赋予女人经验者姓甚名谁操何种职业，在此无关紧要。在少年面前想起经验的中年雄性，令人陡觉浑浊。少年他说"周杰伦呀"——那唇齿与眉目真是……女人有准确描摹各种事物的才华，唯独无法描述他，没摆布处，落得心头肿胀，只觉得自己是泥做的，他才是水做的，即便是对他的不纯想法，也玷污了水的纯净。

沉默熬心。火车无情疾驰。他并没进一步了解女人的兴趣。女人对自己心生鄙夷。那些不纯的欲望、母性、内心的慌乱以及引诱性地试探，在缺乏经验的世界面前，无异于小丑作秀。经验构筑女人的情商，却瓦解了她的青春，予她千疮百孔的存在，给心抹上自卑与自尊的混合物，引向龌龊不可逆转。

女人以所剩不多的魂魄偷窥，他肌体的光辉向女人宣告帝国时代的强霸，女人只是他光荣城堡底下的荒芜杂草，无法窬墙入城，不觉窳惰，终于推枰认输。雌老虎停止对猎物的觊觎，心生倦息，埋下头，老态倍具地舔自己的爪子，忧伤霎时黄了草原，枯枝瑟瑟，落叶簌簌。

没讲两句话的少年起身上洗手间时，他挪到女人对面的座位，女人原本齐整的阵容又兵荒马乱了。女人低着头，感受到他身上裸露之处，与银色项链同样闪闪发光，闻到一股大自然特有的香味，从他身上流逸散发出来的东西，几乎有一种置人于死地的甘美。女人大气不出，女人惧怕被他身体的烈焰灼伤。空间越发促狭，局促，窒息，雌心浸染青苹果的酸涩，顺着血管爬到女人的指尖，那不知名的少年，你为什么坐到我的对面，与我不过咫尺，两肘搁在桌上，你的浅短发丝触手可及。女人颤颤巍巍的双手，如上了链条的狗那般在桌子底下冲撞。

他们玩弄ZIPPO打火机。他用火机在手臂一划，"嚓"地燃起一朵火花。

你们吸烟吗？经验发现，他想吸引女人的注意，熄灭的灯芯，被他点着，散发一圈橙色光晕。

我们是男人，当然吸烟呀！他迅速回答，似乎期待已久。

你们是九零后吧，这么小就开始抽烟。他说"男人"，女人暗自发笑。

不是啦，我是八八年的，他八九年的。他表情桀黠。

哦，上帝！八八年！他们的年龄在女人的经验判断之中，内心仍不免暗自惊呼。女人不愿像拙劣的言情小说那般描绘他的笑貌，华丽的形容词只会削弱他的光彩。他离女人越近越令人眩晕，女人的心因而跌跌撞撞，只觉此生笃好深嗜的，莫过于此。女人再次卷入他的旋涡之中，先前颓丧慵懒的心突然充满生机——女人必须继续——你甚至可以用上这个词：勾引。

蓝衣少年反驳他胡说，两小无猜那样争执了几句。

他们很快乐，有些许表演的成分。女人一面感觉他们在瞬间成了自己的孩子（女人带他们去美丽的地方度假），一面像雌老虎佯睡观猎物嬉戏般，暗自体会这番妙处，贪婪而又不动声色。斜阳正如花。树在地平线生长。群鸟种子般播撒天空。两只小动物厮咬玩耍。昏昏然良辰美景，将目光抛向苍茫时空，低头看见手腕处新生的皱褶，算出一笔清醒账：女人初中毕业，他刚刚出生；他进幼儿园，女人早经云雨；他情窦初开，女人已花盛至败；当他叱咤情场，女人可能只剩牙床咀嚼一切。

他又审视自己的双手。女人又无话可说。女人不能看车窗，那里头映射出与他的差距感将令女人自惭形秽。女人也无需直接看他的双手，知道米开朗基罗也罢，但丁也好，绝描画不出那样的生命。它们镀上了女人的爱情。在未来的某个空间，它们将栖息于女人尚且扁平的小腹，醒时在女人的身体匍匐前行，像个外乡人那样犹疑、徘徊、莽撞。女人是一个富有经验的老农，对庄稼与季节的关系了然于胸。女人知道春雨润物细无声，瑞雪兆丰年，知道一粒种子落在地里，何时发芽，何时抽叶。女人会将经验传与那双手，它们的所得所知，将超出它们的主人对事物的想象。

然而，手与主人将女人排除在他们的经验之外，以沉默拒绝外界。女人被抛晾干涸的河床，心渐失水分，跳动艰难。作为女人的挫败感将女人拉向脏污的下水道，与女人曾经所向披靡的经验混为一体。女人只有让"女人"躲进"作家"的阴影，让"作家"这头怪兽支起庞大的躯体，散发它虚无与神秘的魅力。

女人的尊严啊，女人的企图。

你是做什么的？他问。他一开口，"作家"就地遁于无形，只剩下心惊肉跳的"女人"突然裸露于众目之前，魂如鸟兽逃窜尽散。所幸经验仿如魔法，在瞬间将訇塌的宫殿修葺一新，并涂以别的色彩，灵魂于殿中宝座安放，映着他无以描摹的面孔。女人忧伤的灵魂笑道，我是作家。他的惊诧合乎女人的期望，而邻座圆脸女孩毫不掩饰的兴奋满足了女人的虚荣心，她的问题又多了起来。她问女人写什么的。女人草率回答写小说。女人问对面的他，是否知道某某作家。他的摇头让女人沮丧，作家之于他，正如手球之于女人，女人和他是两堵遥对的悬崖峭壁。

圆脸姑娘挤进女人和他之间，说她写作，她问女人叫什么名字。女人略作犹豫，还是说了出来。女人是说给他听的。某一天女人的名字将从他勾魂的嘴唇里迸出来，落进漆黑的深夜，碎成满天繁星。他的嘴啊，那品尝滋味的嘴，会是什么滋味。女人忧伤的灵魂渴望与它作伴。然而，此后女人必须为自己的名字故作矜持，掉入自制的夹缝。圆脸姑娘的介入使气氛不如女人意。火车铿锵向前，她不断干扰女人恬不知耻的幻想，阻碍女人对他的试探与撩拨。女人同时又对她心怀感激，她使女人得以展示"作家"的身份，卑微心态由于她的崇敬而骤显尊严，这正是女人欲向他呈现的。女人告诉圆脸姑娘，她刚出了一本书，叫《缺乏经验的世界》，明天下午在书城签名售书。女人问他是否有空来看看，他斜嘴一笑，说恐怕没有时间。女人横下心问，这么小就找女朋友了？他也不客气，说当然，年纪不小了。女人在自己的脑子里翻了一个跟头，问她也是运动员么。他说花样游泳。女人想到花样年华。毫无疑问，那是一条美人鱼，腰柔臀美，波光粼粼，清水出芙蓉。女人又无话可说了。他将蓝瓶饮料喝得见了底，空瓶在他手中顺时针转了一圈，滑进垃圾桶。

看他那天使般光芒四射的脸，教女人如何舍得坏了他？

在白衣少年面前，女人越发感觉经验的堕落。经验与女人相连，比政治和哲学与女人结合更令人戒备。它们掩盖了女人身上天然的气味，那种小鸟依人鸟性十足的女子，冷不防就能把你身边的东西夺了去。她们就像动物界的母羚羊、母斑马、母梅花鹿，以及那些具备水汪汪性质的柔顺眼睛的物种，在被强食和被保护之间，没心没肺地生儿育女，传宗接代。回到女人自己的问题上，女人既已为经验所困，将何以为继？女人是否该摒弃经验，赤心无为？颇耐经验并非海绵吸收的水，可以拧干，它渗透，完全控制了女人的思想，女人唯有掩饰经验，在肉身蓬勃的动物界，真诚地使诈。

有经验的女人内心兵荒马乱，年少的他却是越发从容。女人把自己想成一只闭合坚贞的蚝，当她袒露内心嫩滑的羞涩，却发现她不过是遭遇了一名食客，耻辱感从脚底爬上来，像跳蚤那样东咬西叮，令她瞬间体无完肤。倘若对面是个中年雄性，她与他的气息间便会有天然的默契，无需拐弯抹角地投石问路，无需故作单纯地掩饰经验，她可以直接夸他长得很帅，很性感。她和他开玩笑，智趣毕现，旗鼓相当，顺其自然地要了他的电话号码，之后的故事，不难想象。

火车将在二十分钟后到达。女人的心里仿佛战争后方的医院，嘈杂无章。走廊里脚步声零乱焦灼，大呼小叫声急促紧张。车轮滚滚炮声隆隆的背景下，抬进来一具血肉模糊躯体。那是爱情，伤残的爱情失血，昏迷不醒，脑海里留着经验的弹片……他在死去，他在求生，气息微弱却不失顽强……女人期盼自己的双手派上用场，把自己的血液献给爱情的躯体……把一切都给他……抛开可耻的欲望，取出经验的弹片……把自己的生命拿去，救活他！

写本书能挣多少钱？他对女人说话。他的眼睛也对女人说话。黑夜，点缀星光。月桂树迷蒙的影子。女人走出嘈杂的医院，望着他。生机勃勃的春天，人面桃花，诱惑她，怂恿她去坏了他。她满脑子落红飞舞。

女人这么说道，书是按版税计算，目前为止，拿得最多的书是德文版，两万欧元。女人略有夸张，但不过分。女人望着他的手机，如何才能显示女人的来电。他轻"哦"一声，令女人瞬间看低自己。使用"作家"身份，已自溃败，倘又添上金钱的筹码，只剩淫贱与庸俗。圆脸姑娘在十分之一秒内将两万欧元换算成人民币，惊羡的神态将女人几欲趴下的自信提起来，女人原地端坐，暗自消化沮丧，直到卖报的列车员打散心头郁结的东西。作为掩饰，她买了一份报纸，迅速翻完扔进垃圾桶。终点越来越近。他的手机滑到女人的面前。他撒手不管。女人想，他在暗示什么？我该怎么做？拿起它拨自己的手机号？假装欣赏它，再随意问他的电话号码？躁动中的女人沉默软弱，最终以虚假的矜持败在圆脸姑娘面前。

女人像作家那样凝神沉思，脑子里却是他的身体他的脸。渴望变成一只苹果进入他的嘴里，化作项链在他的胸前贴伏，哪怕如微小的尘埃，也只愿落上他的肌肤。他略带背井离乡的忧伤，与北方人对南方的不适应。女人想，请把你的生活，身体和爱情交给我，让我来照顾它们。让我赤诚，回到十八岁，除了内心的爱，不再有别的世界。永远不要经验，这个人生阴暗腐朽的潜在。

你们的名字是不是也像运动员？比如刘翔，他跨栏时双臂就像翅膀。女人看见自己仍在努力，老男人对小女孩那样不动声色。他笑着摇头，并捡回手机，做下车的准备。而女人，毫无收获的渔夫，却不情愿收网，内心绝望如孤岛。他的动作缓慢黏滞，他讲了她母亲的一个梦，那便是他名字的由来。女人的脑子完全坏了，听不清他说什么，只看见他说什么的样子。

此刻，女人试图将他的模样作一次彻底的描述，他清晰的影像投射女人心，竟产生一种割裂的疼。女人永远不可能讲述他的样子了。他既单纯又深不可测，似乎洞察女人的内心，知晓女人的尴尬，总在女人沉默放弃时挑起话题。他问女人每天写多少字，喜欢什么运动，是否抽烟喝酒。花开热烈偏无声响，他笑容里有一种内敛的绚烂，显示混浊雄性拼了命也演不出来的干净。火车临近终点时产生的美好气氛使女人心涌悲凉，女人无法卸去经验的行李，还须提防丢失。他在枝头，女人在飘零。女人飞不上他的枝头。每一种找他要电话号码的方式都将显现丑陋的痕迹，毫无疑问将成为圆脸姑娘的见闻笑柄，败露了企图，坍塌了尊严。

女人陡生厌恶：圆脸姑娘的存在比女人的欲望更为可耻。

火车一停，即如丧钟敲响，女人的灵魂立刻披上死灰的外衣。女人望了他一眼，神色悲哀。他像牧师手里的《圣经》，缓慢地合上了打开的表情，留下神色黯然的封面。女人被巨大的惆怅击中，头沉得更低，瞬间又恍然抬头，错愕无助。人们仿佛从地里长出来，纷纷直立，拥挤了过道，他们将像水流向四面八方，无一滴存入记忆的容器。他如水草一样缠住女人的双腿，女人无法动弹。女人窒息，挣扎，捕捉最后的希望。女人看着和他交叉的脚,并排、默契。女人的白蝴蝶结高跟鞋,在他的NIKE运动鞋中间,弱不禁风。

  过道渐渐空了。他缩回双脚,穿上外套。

  圆脸姑娘尾随而起,夹在女人和他之间。

  他回头望女人。女人回头望他们坐过的地方。

  有缘再见了啊!他挥动女人已经爱上的手。

  再见了!魂消魄散的女人回答。

2008年1月

鱼　刺

一桌子人围攻一桌子菜。我端着酒杯，围着一桌子人点头哈腰，像餐盘一样旋转。说实话，在敬酒的过程当中，我的心里一直装着那条清蒸桂花鱼。开始它还热气腾腾，细葱覆盖它白嫩的躯体，但在我敬完第三个人后，已经有人粗暴地掠开了青葱，或者说有特别嗜好的人把葱夹走了，草一样塞进了自己的肚子里。紧接着众人的筷子乱剑一样地扎过去，戳住一块块肉塞进自己酒精洗过的口腔，填入酒精浸泡的肠胃，于是桂花鱼完整的躯体就千疮百孔了。我只有在仰首痛灌的间隙里，用那双因为酒精而血红的眼睛，去关注那条鱼，准确地说，是紧盯着弧形的鱼脊，因为，那是我最喜欢吃的部分。

终于敬完了一圈，我的屁股重重地落在软椅上。他们似乎是聊到了本地电视台的某个女人与本市市长的一个段子，一齐哈哈大笑。我在他们的笑声中果断地伸出了筷子，直奔桂花鱼,把别人遗弃的,我饥渴已久的鱼脊迅速夹到我的地盘,在碗里礼节性地中转了一下,带着渴慕深吻的欲望,总算把它们送进了嘴里。鱼已经不热了,不热的鱼正好不影响我满足饥饿的速度。我的牙齿和舌头细心地工作,迫不及待地往喉咙里输送处理好的鱼肉,我的全部精神都倾注在消灭这段鱼脊里。当我的舌头和牙齿正在全力配合准备剔出那根小刺,我听到领导提到"张立新",张立新是我的名字,我立即停止咀嚼,满脸笑容地将脸朝向领导,与此同时,我感觉有根小刺在向喉咙里滑下去,像羽毛坠落一样轻盈与柔软。

如果我当即狠狠地咳嗽一下,也许鱼刺就出来了。但是我肯定不能咳嗽。首先那有可能把嘴里的鱼肉残渣喷到领导脸上,那就像朝领导脸上吐唾液一样,令人尴尬与后果难计;其次是我根本没料到真的有鱼刺滑进了喉咙,因为当时我根本没有吞咽;再次我有过卡鱼刺的经历,吞口米饭就万事大吉,算不得事。

我朝领导笑着,还准备拍一句到位的马屁,张嘴间忽然感觉到鱼刺的坚硬,喉咙里针尖大小的一个局部产生了疼痛,随之而来一股说不清是想咳嗽还是想呕吐的冲动。我紧抿着嘴,我想我这个四十岁男人紧抿着嘴的样子肯定很滑稽。我的脸瘦,我用一只手捂住了包括嘴巴在内的大半张脸,歉意地朝一桌子人挥了挥另一只大手,镇定地往洗手间疾步走去。

他们以为我喝多了。

我关上洗手间的门，吐着舌头咳嗽，吭哧吭哧，哇啦哇啦，咳得两眼充泪，满脸通红，然后脸朝着马桶。胃顶上来，温暖的东西从嗓子里倒出来，哗啦哗啦灌到马桶里。訇——我按住马桶的按钮，马桶善解人意地席卷了我吐出的第一批成果，就是刚吃下肚的鱼肉、七八杯米酒、三口米饭，还有花生米、凤爪。吐完，我把手指点伸进嗓子眼，试探鱼刺的位置，企图用两根手指头把鱼刺捏出来。坏了，新一轮的呕吐袭上来，我的双手不得不撑在马桶边上，我的脸肯定像衰老的充满皱褶的屁股。我吐出的第二批成果是中午在本城最有档次的大白鲨酒楼吃的那顿珍贵的鱼翅燕窝席。燕窝的味道从我的喉咙里滑出来，这使我痛惜。我多希望能给老婆和孩子带着鱼翅燕窝味的亲吻，可是我还没回家，我对老婆说我今天去大白鲨吃了山珍海味，老婆肯定不会相信，证据全部进了马桶。我沮丧地反身坐在了马桶上，拼命地咽口水，我的吞咽是对鱼刺的抚慰，它也会温情地回应一下，让我疼痛，证明它的存在。我又想起下班后在熄了灯的走廊里，我把打字员赵燕玲搂进了怀里，我吃了她的唾液，现在连她的唾液一并吐到了马桶里。

我在洗手间的努力毫无作用，似乎使鱼刺卡得更为牢固。

回到家时，儿子点点已经睡了，老婆一个人守着一场肥皂剧，电视屏幕上正打出"第三十三集"的字幕。老婆原来在纺织品公司的百货商场当营业员，有几分姿色，百货商场被几个经理腐败垮了,垮了老婆就只有待在家里。老婆比我年轻五岁,精力旺盛,下岗后表现尤为突出。以前每周有几个晚上我都会主动挑逗她,现在每天晚上都是她不容分说地折腾我。

怎么还没睡。我随口问。我知道我的废话将引来老婆更多的废话。

你还记得有家啊,看你那霜打了的样子,折腾完了早点回家不行啊?果然老婆骂我了。老婆总是以数落我的方式表达关心、爱、不满,我常常把她的意思搞混了。我越来越搞不清楚,在这种情况下,是该幸福、快乐,还是和她生气。比如现在,老婆骂声里夹杂的几种情愫全来齐了。

我的表情可能有点复杂,因为老婆站起来,诧异地看着我。她比我矮一个头,三十五岁的女人了,脸上也有了些应时报到的中年斑,中年斑使老婆的脸在白炽灯下依然黯淡无光。

是啊,折腾完早点回来,再被你折腾,我只有被折腾的命。我正想着要这么跟老婆发几句牢骚,喉咙里就痛得厉害,我缓慢地吞咽了一下,鱼刺卡在那里,赵燕玲那张二十二岁的纯净的脸在我眼前一闪。我皱着眉头漫不经心地扫了老婆一眼。老婆因为下岗后变得全身都敏感,不光是性欲旺盛,还处处提防我看不起她。现在我的这个眼神惹急了她,眼看她要发作,我连忙朝她陪个笑脸,一只手掐着自己的脖子,说,我卡了鱼刺。

老婆的热情是我万万想不到的。她先是掰开我的嘴,顶着脚尖费劲地审视一遍，大约是灯光不够，她又翻出一个小手电筒，几乎是塞进了我的嘴里，仍然没看到什么。老婆就端出她晚上吃剩下的菜心，递给我一双筷子，说，不要嚼，直接咽下去！我像头牲口一样听从了老婆的命令，搅成一团塞进嘴里，像蛇吞吃青蛙，鼓着腮帮子狠狠地、艰难地往下吞咽。我的嗓子眼被充大了，眼珠子都要崩出来了。吞到一半时我很后悔，对付一根小鱼刺，我实在没必要被搞得这样狼狈。然而我已是进退两难。老婆恨不得帮我咽，看着我干着急，不突出的喉结也在上下窜动。我有点感动，再使了点劲，终于成功地咽下那团青菜。

怎么样了，怎么样了？老婆跳起来追问。

刺好像不在了。我试着咽了咽口水。刺的确不在了，我欣喜地朝老婆露出皮皱皱的微笑。老婆就很得意，老婆一得意就温柔起来，轻声说，那快洗洗睡吧。我看了看墙上的钟，快十二点，是有点夜了。

但是这一次，老婆对我的折腾没有成功，或者说是我失败了。我呼吸粗重的时候，发现鱼刺仍在喉咙里，痛在其次，主要是有种说不出的难受，把我搞得心烦意乱。我滚到一边，扭动脖子探测鱼刺所在的位置，我下定决心要以咳嗽把它逼出来。于是我离开床，走到阳台上，对着已经朦胧的夜空，张大嘴，吐出舌头，爆发出惊天动地的怪异声音。老婆就在房间里嚷，你把全城人都吵醒了，有你这样的么？睡吧睡吧，睡一晚就好了。没有满足欲望的老婆也很烦闷，好像鱼刺卡在她的喉咙里。我觉得老婆这些话是对她自己说的。我合上嘴，停止咳嗽，我不能只顾消灭鱼刺而影响别人的生活。于是我转身去洗手间，在那里前仰后合地折腾了一阵，他妈的鱼刺就像我最近跟老婆之间的高潮一样，就是出不来。

我泡了一包方便面，草草地安慰饥饿的胃，漱了口重新睡下。我感觉嗓子里的肉都在向鱼刺压过去，鱼刺像块石头一样巨大，顶在我的喉咙里。我翻来覆去地调整身体，最后发现唯有侧身向右睡下去，喉咙里才勉励舒服，才能让我暂时遗忘鱼刺。但侧身向右，意味着背朝老婆。老婆来气了，也把身体一翻，背朝我呼哧呼哧地喘气。我懒得理她，我想安静地入睡，保证明天精神焕发地上班，意满志得地和赵燕玲进一步搞点什么。赵燕玲最近把我搞得失魂落魄，不知道这种感觉会不会像老婆说鱼刺一样，睡吧睡吧，睡一晚就好了。

我所在的自来水公司位置偏僻，远离闹市，坐公交车需要三四十分钟。整夜的右侧睡姿使我一身酸疼，起迟了，到办公室时已经有很多琐碎的事情在等着我。比如落实"七一"的党员活动，本月职工的生活福利发放，整理一次汇报材料等，搞行政就这么麻烦。

赵燕玲已经在打字机前干了好一阵子活了，看见我进来，她温柔地一笑，然后噼里啪啦地继续打字。赵燕玲不漂亮，除了皮肤白和嫩，其他都比不上我老婆。她的小手很白，手指在键盘上跳跃，动作迅速得让我眼花缭乱。赵燕玲是我这个办公室主任手下唯一的士兵，我总有和她相依为命的错觉，她的温顺总让我想抱一抱她。赵燕玲的长头发和她的脾性一样柔顺，不像我老婆的枯草一样乱蓬。

我偶尔发出几声怪异的咳嗽。每次咳嗽，赵燕玲都会转过头来看我一眼，她的眼神让我快乐。我猜想她肯定也在回味我的唾液，并且盼着我再次把唾液输送到她的嘴里。赵燕玲是细腻的，她终于发现我的咳嗽不同寻常。她说，张主任，你嗓子怎么了？我有金嗓子喉宝，你吃一颗不？赵燕玲是唯一喊我为张主任的人。只有这时候我才发现我还有个一官半职。我很不舒服地摆了摆头，赵燕玲却坚决地把一包金嗓子塞给了我。

我喉咙里卡了鱼刺，吃这个没用。我对赵燕玲说了实话。赵燕玲是继我老婆后，第二个知道我被鱼刺卡了的人。那还不快去医院？小心它使喉咙溃烂啊！赵燕玲的担忧有点夸张，我知道她在吓唬我。没什么影响，只是不舒服而已。你不要对公司任何人讲这件事情，这会令我难堪。我嘱咐她。赵燕玲似懂非懂地点完头，还是说了一句，我看你是小题大做，卡鱼刺而已，又没干见不得人的事情！

午饭后我靠在办公沙发上消化，剔牙，喝水，和鱼刺暗暗较劲。这个时候，鱼刺稍微温和一些，在一种若有若无的状态中。我揣测它刺进肉里的深度、坚硬度、顽强度，它为什么要选择在我的喉咙里安居，它打算待多久，掉下去会不会刺穿我的肠子，或者像赵燕玲说的那样，它是不是会造成喉咙溃烂。我又翻了一会报纸，正想在沙发上打个盹，赵燕玲端了个杯子进来了，随她进来的还有一股酸味。

你把这个慢慢地喝了，最好是仰着头，让它自己流下去。赵燕玲把杯子递给我，酸味直冲鼻孔。什么东西？好难闻！我把头偏开，鱼刺又把我刺了一下。醋啊，我妈教我的，可以将鱼刺软化！赵燕玲语气肯定。我从来不吃醋，你的唾液能将鱼刺软化就好了。我开个玩笑，顺势想把赵燕玲拉到怀里，赵燕玲惊慌地指着门，门是敞开的。

赵燕玲几乎是平静地继续催我喝，逼我喝，不喝挺对不起她的认真。我就灌了一口，微仰着头，看白花花的天花板，只觉得鼻孔里都冒出了酸气。醋的味道实在不好，比喝药还难受，这辈子都没喝过这么多醋。我龇牙咧嘴，舌头都被腐蚀得麻木了。醋流过卡了鱼刺的地方，一阵刺痛，我觉得那地方的肉已经烂了。还剩一半的时候，我忍受不了这股浓烈的醋味，一口也喝不下去了。而事实上醋似乎发生了作用，我的喉咙获得片刻的舒畅，再扭扭脖子咽咽口水，刺似乎真的软了。我赞赏地朝赵燕玲铺开一脸笑容，赵燕玲把头低了一下，说，一会儿再喝一点，睡一晚就好了。

睡一晚就好了。赵燕玲跟我老婆说的一样。

周末就像我最不愿吃的一道菜，随着转盘停在我的面前。当然我可以不跟周末发生任何关系，问题是我儿子、我老婆就爱周末这道菜。他们从周一开始盼望周末，要去动物园、商场、儿童乐园、电影院、麦当劳，他们要充分享受现代生活，我就得像只陀螺不断地旋转。三个晚上过去了，鱼刺并没有像我老婆和赵燕玲说的那样——睡一晚就好了，现在连说话都嗓子痛。当然这实在算不得什么病，人们甚至还可以拿这个来开玩笑，连八岁的儿子也会嘲笑我，这么大人了，怎么还让鱼刺卡了，显然是个贪吃的主。

嗓子痛得并不剧烈，真那样，我必得上医院了。现在对付它最好的办法是减少说话，话一少，我就显得深沉起来。一路上老婆和儿子不断地说话，一切事情都是儿子或者老婆说了算，我只是偶尔点点头，表示人在心在。我的少言寡语并不影响他们的兴致，这一点让我很安慰，我可以尽情地——现在可以说是——把玩我嗓眼里的那根鱼刺了。喝了赵燕玲的醋以后，鱼刺的位置似乎有所变化，略有下移，要与我抗衡的态度便更为坚决。我低咳了一声，针扎般地疼。我已经不指望通过咳嗽来处理这根鱼刺了，我确信有一天它会随着某次吞咽而粉身碎骨。就像牙缝里夹了肉，用舌头不断地挑拨，多次努力地企图将它们从牙缝里剔出，最终是说不清在哪一顿饭之后，忽然间消失了。

这几个晚上老婆没有骚扰我，我也没有折腾她，彼此相安无事。但我感觉老婆有点不同寻常，像藏了心事。她偷偷地翻过我的皮包，拿起我的衣服嗅了一遍又一遍，口袋翻个底朝天，检查了我的电话本，问询过电话本上新添加的女人的名字，她们是干什么的，怎么认识的，我都一一回答了。我说，你老公一把年纪，无权无势，你就放心好了，女人是看不上他的，有你我就心满意足了。上了年纪的女人自然不肯轻信花言巧语，我随时都在老婆的侦察范围内，接受她突发的审问。谢天谢地，赵燕玲一直在她的疏忽中。我因而敢拍着胸脯对老婆发誓，我绝对没有别的女人。事实上直到现在，我也真的只是吃过赵燕玲的唾液而已，以后怎么样，是以后的事情。

这个周末儿子要交一篇作文，老婆决定先带儿子上海洋世界，然后回来再去步行街购物。我默认了，反正经济大权是老婆掌管。海洋世界在市郊，坐了一个多小时的大巴才到。人很多，多得出乎我的想象，我们马不停蹄地买了票进去，走马观花地游玩了一圈出来，遵照儿子的意思，在麦当劳享用了午餐。老婆执意一会去外面吃面条，我的喉咙也根本不能吞吃这些干硬的东西，只有儿子吃得津津有味。其实只要儿子饱了，我和老婆也不饿了。老婆还惦记冰箱里的那半斤猪肉和一捆青菜，她准备晚上做丰盛点，把中午的欠缺补上来。我也默默地同意了。面对这么能干的勤俭持家的老婆，男人能说不么？其实我私下底还有另一个理由，我有点怕吃东西，不管热的冷的，到了嗓子眼一律会将我刺痛，忍着疼痛下咽，毫无果腹的快感，不如饿着。所以在步行街时，我听到肚子里打雷，尽管餐馆在几步路外，一抬腿就到了，我还是坚决地挺住了。

老婆为儿子挑了一套运动衫后，自己也开始试衣服。我明白周末马拉松基本上进入了最后的冲刺。我坐在服装店的小板凳上很耐心地等，其间接到赵燕玲打来的电话，你肯定猜到她说什么了。没错，鱼刺怎么样了？赵燕玲是这么说的。好点了，好多了。我回答她，依然感觉不可言说的甜蜜。老婆试了三件衣服，大约看中了那件最贵的，五百多块啊，老婆自然舍不得买。店主是一个比老婆更老的女人，她一反先前和蔼的笑脸，川剧中的变脸演员一样，换上一副眉毛、眼角、嘴角全部下垂的脸谱。我感觉她是很鄙夷地瞪了我一眼才开始说话的。这套衣服你必须买下，这是高档服装，是不能试的！店主一说话，脸谱就活跃起来。为什么必须买下？奇了怪了，抢钱啊？老婆不甘示弱，反唇相讥。你自己看！不认得字啊？高档服装，请勿试穿！店主翻出那套衣服上挂的纸牌，果然是白纸黑字。但这能证明什么？我老婆厉声说，我没看见！我试的时候，你怎么不说？现在轮到我老婆瞪我了。我知道老婆遇到了麻烦，希望我站起来援助。可这女人们的事……我的喉咙……我说什么？我觉得她们都有道理。我嗫嚅着，想打个圆场，最终我屁股也没有动一下，我的喉咙疼，我的肚子饿，我烦躁地看着大街，等待她们吵闹完毕，再回家吃饭。

可是麻烦大了，一个要卖，一个不买，两个女人就在店里扯了起来，动起了手脚。她们推推搡搡地到了我的跟前，店主好像是故意说给我听，没钱就不要试高档服装，摸都不要摸，进都不要进来！女人狠狠地啄了我一眼，继续说，还挺像那么回事的，都像你们这样过干瘾，我这衣服还能卖啊？我听得出店主在激怒我，在煽动我，她是铁了心要从我这里下手撬出五百块钱来，再把那套不知值几块钱的东西塞给我们。我本来想买，但你这态度，我偏不买了！我老婆横着来，她刁蛮起来也有一套。店主就全身发颤了，她们的手几乎是在我头顶指来划去，袖子也蹭到我的头发上，两个女人鼓起的肚腩，在衣服里面起伏。我吞咽了一下唾液，漠然地站起来，径直离开了服装店和正纠缠不清的两个女人。

我在服装店五米外的拐角处抽烟，才抽三口，我老婆就摆脱那个女人出来了。但她把对那个女人的敌意与愤怒指向了我。她根本不和我说话，从我身边经过，余光都没扫我一下。我就像她这辆大卡车的一个拖厢，随着她的方向拧转了身子，跟在背后一声不吭地向前滑行。

每次和赵燕玲见面，她的第一句话总是问鱼刺怎么样了。这个时候，我觉得卡了鱼刺是多么的幸福。我或者我的鱼刺被她惦记着，这着实是件暖心窝子的事儿。因为鱼刺，我和赵燕玲之间迅速升温，她也不再那样矜持，在我面前大胆地把鱼刺放到了她的心里，对鱼刺问题倾注了她的全部精力与爱情。她甚至向我表白,我沧桑深沉的样子,使她迷恋。你的家庭生活不太愉快吧?赵燕玲曾这么追问。这个问题我倒没有想过,在我看来生活就是那样地过日子,卡了鱼刺以后,我才发现生活可以这样甜蜜与多彩一些。

我和赵燕玲又相互吃了几回唾液,时间最长的一次大约有五分钟,我发现她的身体渐渐主动起来,她也想创造用唾液来软化我喉咙里鱼刺的神话。吞吃赵燕玲的唾液时,我的嗓子不疼。

我突然沉默寡言,公司的人很诧异,一致认为我遭受了什么打击。我说我身体不舒服。说不上哪里不舒服。我有点毛病,但也说不上是毛病。反正四十岁的男人让鱼刺卡了,是件丢人的小事。这只是属于我和赵燕玲的秘密,于是我们之间又多了点心照不宣的快乐与默契。

对于我的反常,石经理借商谈工作之名,找我谈话。谈来谈去,核心的问题就是我的工作热情大大地降低了,活动的组织工作开展得缓慢,手头的几件事办得不得力,最后石经理一个急转弯,压低了嗓门,说,家里闹矛盾了?我连连摆手,用同样低沉的嗓音很艰难地回答,没有。石经理不高兴了,进一步说,我是以朋友的身份关心你。我连连点头,用手捏了捏嗓子,说不出话。这样就使我显得傲慢。尽管石经理比我年轻,坐的椅子比我高,石经理还是挺了挺腰,清了一下嗓子,严肃地说,最好不要把情绪带到工作中来。我连连摇头,皱着眉头又说了两个字，没有。石经理的脸就沉了下来，客气地把我请出了他的办公室。

问题有点复杂了，我突然意识到，我不能再这么下去，为了这根刺，我必须去医院排队候诊、缴费，郑重地告诉医生关于这小东西给我带来的生存危机。第六天上午，我去了离办公室不远的一个小诊所。我之所以去小诊所，主要是人少，省时。我随便拦住穿白大褂的小伙子问，鱼刺，看哪个科？小伙子的表情很奇怪，但他立即明白了，说，我们这儿只有牙科，你去看看或许可以。小伙的手指向走廊深处。在逼仄的走廊里拐个弯，我才明白这个诊所其实是一个四室二厅的套间。门是开着的，看上去像卧室，垂挂的白布门帘上印着一弯月牙形状的小红字，托着"牙科"那两个巨大的红字。我掀起门帘把脑袋探进去，发现里面还有一间，就把腿迈了过去，往里走五小步，于是看到了牙科医生正用什么东西在患者的嘴里倒腾。

你有什么问题？略胖的那个女医生打断我继续探头探脑的神色。

鱼刺，鱼刺。我的嗓子有点沙哑，一边说一边用两个手指捏着喉咙。

噢？什么时候卡的？

五六天前。

噢，那太晚了。

啊?！

你要是卡了就马上来，我们有办法。但现在已经进入喉咙底部了。你可能得上大医院的五官科。

喔。那我不看，过几天自然会好？

身体是自己的，郑重点。

女医生的语气让我觉得事情严重了。我惶惶不安地转至市人民医院，到处是人，计价处排了长龙，缴费处排了长龙，取药处也排了长龙，好像忽然间全世界人都有毛病了。在五官科诊室，我好不容易等到前一个屁股站起来，迅速地把屁股压上热板凳，满怀虔诚地坐在披白大褂的老头面前。老头问了我一些近几天对于鱼刺的体会和心得，我觉得他像个记者，问得很细，也很关键。一边记录，嘴里嗯啊有声，不一会儿就领我进了里面的小房间。他手持一块钢板条，像煤矿工人似的戴着探照灯帽，说，张大嘴巴，啊——啊——啊。灯泡很亮，老头的眼睛混浊，我的牙齿发酸。我张大嘴发不出声音，紧接着舌头感觉钢板条的冰冷和灯光的温暖。

未见鱼刺，有些许糜烂，估计吃点消炎药，睡一晚就好了。老头咬文嚼字，握笔的姿势很怪，挺认真地龙飞凤舞，完了把处方单递给我。睡一晚就好了。这是老头说的，老头是个医生，医生说的不会错，至少不会像我老婆和赵燕玲这两娘们的话那样不可靠。老头把钢条从我嘴里抽出来，我确实一下子舒服了，我早该来看这个老头，早该来的。坐上回办公室的公交车，我真的很舒畅，我还哼起了流行歌曲，脱口而出的竟是一曲"舞女"。我欣赏着路边的风景。公交车子经过一个高档时装店时,我看见一个女人,在穿红裙的模特与穿黑裙的模特的空隙里,她似乎在等着试衣服。随着车的前行,我回过头时角度有了变化,于是我看到黑衣模特后面,一个穿咖啡色夹克的男人,伸手拧了一下那个女人的脸蛋,模特弯曲的手臂挡住了男人的脸,我看不清他的样子,接着再一晃,就什么也看不见了。那个女人,很像我老婆。但是,我老婆不可能上这么高档的时装店。

我没想到麻烦在等着我。刚进办公室,赵燕玲就紧张兮兮地对我说,石经理找你,找你好几回了!我才发现我已经出去了整整一个上午。找我什么事,找我干吗不打我手机?我自言自语,匆匆喝了一口水,就马不停蹄地去石经理办公室。石经理没在,一小时后,石经理才坐在他办公室的大班椅上,他的咖啡色夹克衫笔挺挺的。石经理慢条斯理地看着我,并不说具体找我干什么,只是把办公室要办的事情重复提了一下,然后拐弯抹角地问起我上午的行踪。

我去了医院。

谁生病了?

我身体不舒服。

什么毛病?

医生说没什么毛病。

什么话?当我是白痴啊!石经理把脸拉下,身体立了起来。

我，我说的实话。石经理，你，不要这么想。我也连忙起立。

可是晚了，石经理已经确认我把他当作白痴，他不会接受我的任何解释，即便是我现在把张开嘴让他看我喉咙里的糜烂，告诉他鱼刺的事情，他也会觉得我只是想把他当白痴再摆弄一次。更何况老头已经断定没有鱼刺了，他已经成了鱼刺事件的同谋。我很想对石经理掏心窝子说说心里话，可我一直讨厌这个人，他从来不当我是个办公室主任，我觉得他没有理由做我的领导。现在鱼刺没有了，事情也应该结束了，再说什么都是废话。我的屁股随着石经理的屁股起落。石经理在接电话。我无聊地将手指蜷曲，伸直，煞有其事地东张西望。石经理的书橱里新添了古玩和石头之类的东西，窗边自由女神形体的落地钟不会比我矮。公司只有十来个人，像赵燕玲这样的临时工还占了五个，我好歹算端稳了饭碗拿稳了收入的。石经理的电话讲得不紧不慢，是哪个地方邀请他吃晚饭，他在努力解释不能去的原因。我忍耐着石经理的虚伪，无聊地将手指伸直，蜷曲。

你还有什么事？石经理接完电话闷头就来这么一句。

我……我？我霍地站起来。与其说是惶恐，不如说是愤怒。我的手指蜷曲，伸直，伸直，蜷曲，我真想握紧拳头狠狠地往办公桌上砸那么一下，我还要骂一句狗日的。可我忽然感觉鱼刺从嗓子眼里冒出来,很不客气地顶了我一下。

妈的!我手指捏着脖子。

你骂我?!石经理眯缝着眼睛。

我?我没有骂你。我说。我是在心里骂医院那老头,鱼刺明明在,他却说未见鱼刺,我到底骂出声音没有,我不知道。

与服装店女老板发生纠纷后,老婆彻底把我打入冷宫,儿子也目睹了我当时逃避的软弱行为,自觉站到与我对立的战线上,表示轻蔑。当然,儿子还有儿子的理由,他认为我对他漠不关心了。那次游玩回来,我并没有吃到老婆丰盛的晚餐,倒是狠闹了一回。老婆认为我表现得很不男人,而且还很外人,眼看着别人欺负自己的老婆,居然扔下她不管,让她孤军作战。老婆声色俱厉,几乎是一笔勾销了我对家庭的辛苦奉献。我说我走了问题不是解决得更快吗?我在那里才是个麻烦,再说,我嗓子的确很痛,说不出话。老婆把眼翻得很白,刻毒地说,别又拿什么鱼刺作借口,废物!我知道老婆指桑骂槐,她忍受不了一个活男人睡在身边像个死人,像个死人还好吧,我还会呼吸,我这些天起不来,除了阳痿还会是什么。被自己的老婆骂作阳痿,这跟我喉咙里卡的鱼刺一样,令我难受。我甩了她一巴掌,很响亮,她像头雌虎怒吼着扑向我,一边用尖利的指尖抠我,一边涕泪横飞,别以为老子真的不知道,兔子还不吃窝边草,你这老不要脸的,却在办公室里乱搞!

一瞬间，我和老婆都震住了，我们的打闹有片刻的冷场。我觉得我该表现一个态度，我抓着她的两条手臂，摇着嚷着，什么？你说什么？我提起她扔稻草一样往床上摔去。"哐当"一声，我们的高低床塌了方。老婆就势趴在垮了一头的床上号啕大哭起来。听谁胡说八道的？啊？说呀，说呀！我又扯起她，把她的脸拧到亮处，好像她脸上会有答案。但是紧接着我颓丧地放下她，我嗓子疼，我演不下去了。我是有点理亏，老婆说的没错，我是在搞窝边草赵燕玲，虽然直到现在还没搞成，只不过相互吃了几回唾液。此事天知道，地知道，我知道，赵燕玲知道，老婆她又怎么能知道？

我把老婆提起来，说，到外面哭去，我把床修整一下。老婆狠狠地摔掉我的手，跑进儿子的房间，"砰"地关上了门。这张被我们折腾了好几年的床，是这样垮了，我忽然想笑。我其实已经笑了，笑得摇头晃脑。我掀起床单，把它们抱到一边，再掀起席梦思，才发现其实床的架子是松散了，加上刚才的一记力量，就彻底散了架。不知道是我和老婆折腾得太厉害了，还是这床质量不行。床底下积了些垃圾，除了死蚊子、蟑螂和避孕套壳外，还有我的一只突然失踪的袜子。于是我喊了声"老婆"，老婆不吭声，我只有自己打扫。我扫完以上列举的东西，还扫出一张名片：自来水公司，经理，石桐。我纳闷，石经理给过名片我没有？我想不起来。

因为老头那句"睡一晚就好了",我有了一个充满希冀的不同寻常的夜晚。吃完消炎药,喝点水,静静地看了一会儿电视。没有人和我争频道,老婆被我甩了巴掌后,好像终于找到了离家的理由,她几乎是并不伤心地捡个包裹就走了,我猜她是回乡下娘家消愁解闷去了吧。儿子把自己关房间里不出来,我敲门,他也不理。我懒得管他,心想过了这一晚,什么都好了。大约十点钟,我就睡了,提前进入"睡一晚"的状态,就可以早一点脱离鱼刺的折腾。说实话,鱼刺到底还在不在,我也搞不清楚了,或者是我失去了感觉它的细腻与准确,或者它真的成了软刺。有时候,似乎还有点东西堵在那里,仔细一琢磨,似乎又没有什么。

早上醒来,我的第一个反应就是鱼刺。干着嗓子,我吞咽一下,再吞咽一下,刺还在!清清楚楚地在,好像是有一截断在了肉里。我绝望地翻身坐起来,又连续吞咽两下,这回说不清感觉了,只觉嗓子里某个部位有点疼,怎么也找不到刺的位置。又是一个骗局!我怒气上来了,到办公室露了一下脸,急匆匆地赶到人民医院五官科找老头去了,好像我卡鱼刺一事,老头有不可推卸的责任。

老头花了双倍于上次的检查时间,得出一个崭新的结论:未见鱼刺。不可能吧,我知道它在喉咙里。来医院看病,你得相信医生,相信医学。老头很有耐心。我只相信鱼刺还卡在我喉咙里,你真查不出来?我有点讨厌老头这样半死不活的说话，未见鱼刺。老头的语气像电脑录制的。我看你老花眼了吧，你或许该退休了。我尽量压抑着不发火。建议你看看别的病。老头还很阴损。你再说一遍来听听？未见鱼刺，建议你看看别的病。老头还挺倔。我有点控制不住情绪，拳头就那么对准老头的脸伸了出去，我自己都惊讶了。我看见老头连椅子一起跌翻，嘴角溢出血丝，半天爬不起来。

一路上我的拳头都是紧攥着的。从人们诧异的目光我揣测，我的脸上可能写着愤怒。我不理会这些东西，如果我只能一直听任这根鱼刺的折腾，我就完蛋了，我不知道我该怎么办。回到办公室，赵燕玲说石经理在办公室等你。我一声不吭，绕过赵燕玲白嫩的脸蛋，带着坚决的速度疾步走进石经理办公室。

找我什么事情？我把我的瘦脸拉长了，逼近了石经理。石经理在我面前的威严已经像"睡一晚就好了"一样，彻底破碎。睡很多晚了，我还是这样地活着，鱼刺还在，老婆离家出走，仍然只能和赵燕玲互吃唾液，我决定与石经理和鱼刺斗争到底。下午开会你知道了吧。石经理叩着烟灰。我不知道。我很严肃地说。哦，你没在办公室。是这样，下午讨论办公室主任人选，你参加一下，就这件事。石经理把烟掐了。

我站在喉咙里，喉咙像空荡荡的隧道，或者自然岩洞，我听见暗水流动的声音。我看见那根刺，像树生长于土壤一样，紧紧地扎根在我喉咙一壁，我拔出了它，它的根须像赵燕玲的头发一样茂盛。后来我又幻想我把手伸到喉咙里，很轻巧地捏出了那根鱼刺。我痛快地看这根折磨我的家伙，它应该像头发一样细，用唾液就能粘住，也像蚊子的嘴，能硬起来插进毛孔吸血。它软的时候，不知它躲在哪里，它硬起来，又让我恨不得挠破嗓门。就是这么一根忽软忽硬的东西，把我的生活搞得一团糟。我也是软的，卡了鱼刺以后，我想都没想过要硬起来。我在老婆面前硬不起来，在石经理面前硬不起来，在赵燕玲面前不敢硬起来。我就这么软乎乎地，巴望"睡一晚就好了"，现在我知道，那都是放屁。从卡鱼刺开始，我没有了吃鱼的欲望，我已经不吃鱼了，我不吃鱼不是个问题，问题是，我不吃鱼解决不了已经卡了鱼刺的问题，我不吃鱼，我不能阻止别人吃鱼。

　　下班回家，老婆已经在家里晃动，似乎是刚到家，正在把衣服从包里往外拎。老婆休闲得可以，神色坦然，气色也不错。鱼刺好了吧。老婆冷冷地说。没等我回答，老婆又指了指沙发，咱们谈谈。你，到底哪里去了！我不能确信老婆回了娘家。离婚吧，我想好了。老婆并不理会我的疑问，好像她和我已经没有关系了。你要闹成什么样子，别吓唬人了。我哈哈大笑，老婆要离婚，她哪里有那个底气。谁跟你闹！老婆摸出一张纸，啪，往茶几上一拍。我捏起来一看，是份离婚协议，协议只有两条，一是儿子跟她；二是房子归她，其他一概不要。

我愣了，除了儿子和房子，我还有什么。我手指捏着脖子，喉咙里发出鸽子一样的声音。

2002 年 6 月 25 日　沈阳